KB039645

66

지구에는 6,000여 종의 언어가 있다고 하지만,
나는 '엄마'보다 더 간절한 말을 알지 못한다.

99

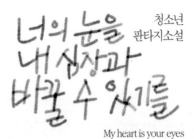

청소년
판타지소설

My heart is your eyes

최미경

너의 눈을 내 심장과 바꿀 수 있기를

청소년 판타지소설
My heart is your eyes

최미경

달아실

차례

. . . .

꽃마리

• • • • • • • • • • • • • •

❝

엄마가 다시 웃었다. 저 웃음소리. 참 좋다.

❞

"별로야."

"별로라고? 그럼 이건?"

나는 침대 위에 있는 보슬보슬한 니트를 집어 몸에 대고는 창일이에게 다시 물었다.

"별로야."

"뭐? 이것도 별로! 저것도 별로! 대체 뭘 입고 가라고?"

"안 가면 되지."

창일이가 중얼거렸다.

"안 가면? 너 진짜, 내 친구 맞아?"

"누, 누가 안, 안 가면이라고 했다고⋯⋯."

창일이가 더듬거리며 말하는 사이에 문이 열리는 소리가 들렸다.

"벌써 가려고? 점심 먹고 가지."

엄마다.

"너는 왜 맨날 착한 창일이만 못 잡아먹어서 그래."

"엄마, 쟤가 나보고 시훈이 생일파티 가지 말라는 거 있지?"

"누…… 누가 가지…… 말라고 했다고……"

"저것 봐. 창일이 거짓말하면 말 더듬는 거 엄마도 알지? 분명 나보고 가지 말라고 했다고."

"그냥 안 가면 된다고……. 아주머니, 저 갈게요. 안녕히 계세요."

문손잡이를 돌리는 소리, 희미하게 창일이의 등이 보였다. 그랬다. 나는 잘 보이진 않지만 잘 듣는다. 그래서 귀가 먼저 반응하고 눈이 따라가는 편이다.

"엄마가 밥 먹고 가래잖아."

문이 닫히고 계단을 내려가는 창일이의 발소리가 들렸다.

"네 옆에서 밥 먹다가는 체하겠다."

툭. 부딪히는 차가운 소리. 엄마가 책상 위에 올려둔 쟁반의 귀퉁이가 보였다.

암튼, 서창일!

창일이는 민들레유치원 파란하늘반 때부터 쭉 같은 반이었다. 다섯 살부터 열네 살 그러니까 10년째 쭉…… 같은 유치원, 같은 초등학교, 같은 중학교 그리고 같은 반인 거다. 같은 반만 한 게 아니라 짝도 셀 수 없이 많이 했다. 우연이라고만 하기엔 의심쩍은 부분이 없지 않지만, 아무튼! 하린이 말로는 창일이랑 나랑 둘이 가족인 줄 알았다고 하니 말 다 한 거다. 그러니 하린이한테도 지원이한테도 있는 남자 친구가 나한테 없는 건 분명 창일이 탓이 크다. 한 달만 있으면 학년이 바뀐다. 2학년 땐 무슨 수를 써서라도 창일이랑 같은 반만은 피하고 싶다.

"넌 왜 점점 창일이한테 못되게 구는 거니?"

"엄만, 내 엄마야, 창일이 엄마야? 내가 시훈이 좋아하는 거 빤히 알면서 나보고 생일파티 가지 말라고 하잖아."

엄마의 낮은 웃음소리. 침대 위에 걸터앉자 엄마의 귀가 보였다.

"정말 창일이가 가지 말라고 했겠니? 이 옷 저 옷 펼쳐놓은 거 보니 창일이가 오죽했겠나 싶네."

"그것도 그래. 그래도 지가 시훈이랑 친하니까 시훈이 취향에 맞게 옷 좀 봐달라고 했는데. 이것도 별로다. 저것도 별로다. 전부 퇴짜만 놓으니 약이 안 올라?"

엄마가 다시 웃었다. 저 웃음소리. 참 좋다.

엄마의 손을 찾아 잡았다. 엄마는 조금 전에 내가 입었던 보슬보슬한 니트를 쥐고 있었다.

"놔둬. 내가 할 거야."

"그럴래? 그럼 엄만 점심 준비하러 내려간다. 오후에 병원 가야 하는 거 알지?"

엄마는 내 무릎 위에 니트를 올려두고 일어섰다. 엄마는 거의 발소리를 내지 않는다. 하지만 나는 엄마의 발소리를 알아낼 수 있다. 그건 잎이 많은 나무에 바람이 지날 때 나는 소리와 비슷하다. 조금 뒤 문이 닫히는 소리가 들렸다. 그런데 문손잡이를 쥔 엄마의 손이 보였다.

"또, 또, 또, 안 나가고 거기 서 있지?"

"영이야……, 아직은 엄마가 보이는 거지?"

엄마가 매일 묻는 질문이다. 물론 상황에 따라 조금씩 달라지지만, 매일 들어도 가슴이 아픈 말. 아직은 엄마가 보이니? 아마 나보다 엄마가 더 아픈 말일 거다. 아프지만 엄마는 물었고 아프지만 나는 말했다.

"그럼. 보이지. 안 보이는데 엄마가 거기 서 있는 걸 어떻게 알겠어?"

"그래. 미안해, 엄마가."

엄마가 계단을 내려가는 소리가 들리자 나는 천천히 방을 둘러보았다. 초록 물방울 커튼도 갈색 서랍장도 단추 구멍만큼만 보인다.

처음부터 안 보였던 건 아니다. 파란하늘반에서 창일이가 날 넘어뜨리고는 미안하다며 주었던 분홍색 풍선껌도 잘 보였고, 일곱 살 크리스마스 날 아침 머리맡에 놓여 있던 토끼 인형의 푸른 눈도 잘 보였고, 초등학교 2학년 3월 첫 짝이었던 정빈이가 나만 보여준다며 학교에 몰래 들고

14

온 장수풍뎅이 까만 등도 잘 보였다.

그런데 초등학교 2학년 여름방학이 시작되기 얼마 전이
었다. 엄마랑 집 앞 작은 도서관에 갔다. 도서관 안에 있는
소공연장에 들어서는데 앞이 깜깜했다. 엄마는 불을 끄고
조그마한 무대를 만들어 인형극을 한다고 했다. 인형극을
보는 내내 엄마도 같이 있던 창일이도 깔깔거리며 웃었는
데 나는 하나도 웃기지 않았다.

"엄마, 백설공주 예뻤어?"

"그럼. 왜 넌 안 예뻤어?"

"엄마, 난쟁이는 키가 많이 작았어?"

"…… 그럼. 영이야, 너 안 보였어?"

인형극이 끝나고 집으로 돌아오며 나는 너무 깜깜해서
보이질 않았다고 말했다.

그게 처음이었던 것 같다. 보이지 않는다, 라고 느꼈던 것이.

초등학교 2학년 여름방학 동안 병원을 스무 군데쯤 다닌 것 같다. 차를 타고 가기도 했고 비행기를 타고 가기도 했고 기차를 타고 버스를 타고 가기도 했다. 솔직히 병원에서 기다리는 거랑 이것저것 검사하는 것만 빼면 최고의 여름 방학이 아니었나 싶다. 여름방학 내내 엄마랑 아빠랑 매일매일 여행을 한다고 생각했으니 말이다.

물론 그건 내 생각일 뿐이었다. 내가 그 여름 매일매일 신났다면 엄마와 아빠는 매일매일이 지옥이었을 것이다. 하나밖에 없는 딸이 원인을 알 수 없는 희귀 질환으로 시력을 잃어간다는 말을 반복해서 들어야 했으니. 버스를 타고 기차를 타고 비행기를 타고 차를 타고 달리며 또 날아다니며 보았던 푸른 들과 더 푸른 바다와 더 더 푸르른 하늘이 뭉게뭉게 기억으로 몰려오는 시간이 아직도 나는 무척이나 행복하다. 철없이 말이다.

"천천히 조금씩 보이지 않을 겁니다. 중심 시력만 남게 될 것이고 그렇게 마지막엔 앞이 보이지 않을 겁니다."

앞이 보이지 않을 겁니다, 라는 의사 선생님의 말이 나를 두고 하는 말인지 몰랐다. 그래서 병원 대기실 의자에 한참을 앉아 있다 엄마, 아빠가 들어간 진료실 문을 벌컥 열고는 물었다.

"누가 안 보일 거래?"

그때 처음 보았다. 아빠 눈 안에 그렁그렁 맺힌 투명한 물. 투명한 물고기. 투명한 바다.

왜 그런 생각이 떠올랐는지 잘 모르겠다. 아빠가 투명하게 다가와 나를 투명하게 안아서는 투명하게 그 병원을 나왔다는 생각이 한동안 머릿속에서 맴돌았다. 그리고 다음 날부터 더 이상 새로운 병원을 찾아다니지 않았다. 초등학교 2학년 여름방학은 그렇게 끝났다.

지금?

지금은 그때 의사 선생님이 말한 바로 그 중심 시력만 있다. 병원은 결국 제일 처음 갔던 종합병원으로 한 달에 한 번 정도 다니게 되었다.

"꽃마리?"

"맞아 꽃마리. 그런데 신기하네. 겨울에 꽃마리를 보다니."

병원 앞뜰에 있는 작은 꽃밭에서 엄마와 난 진료를 기다리는 시간을 채웠다. 식물에 관심이 많은 엄마는 나를 화단 앞에 쪼그려 앉혀놓고 꽃의 이름과 꽃말을 알려주곤 했다.

"왜?"

"꽃마리는 봄에 피거든."

"요 며칠 겨울 같지 않게 따뜻했잖아. 그나저나 꽃마리

얘도 철없이 나왔다가 추워서 혼쭐나겠네."

엄마는 내 외투에 달린 모자를 푹 눌러 씌우며 작게 웃었다.

"연한 하늘색 꽃잎 안에 노란 원 무늬가 있어."

"엄만, 내가 요 노란색도 안 보일 것 같아?"

"미안. 그런 뜻이 아니고."

"또 또 심각해선. 엄마한텐 이제부터 농담 안 할래."

초등학교 2학년 여름방학 이후로 나는 조금씩 달라졌다. 그 전엔 잘 울고 목소리도 작고, 좀 소심한 편이었다면 지금의 나는 잘 보이질 않으니 자꾸 물어봐야 했고, 점점 잘 들리게 되니 거슬리는 소리엔 무조건 반응했다. 그런 나에게 하린이는 "넌 너무 직설적이야. 못됐어."라고 했다. 하지만 내가 착하기까지 하면 엄마가 너무 미안해할 것 아닌가.

"꽃말은 뭐야?"

"꽃마리는 정확한 꽃말이 없어. 서양에서 들어온 꽃은 꽃말이 있는데 얘는 우리나라 들꽃이거든."

"소원. 어때?"

단추 구멍 안으로 노오란 달을 품고 있는 듯한 하늘색 꽃마리가 보였다.

"소원? 영이 소원은 뭐야?"

"엄만, 그렇게 책을 많이 읽으면서 대화법도 몰라? 나한테 묻기 전에 엄마 소원부터 털어놔야지. 그래야 내가 입을 열 것 아니야."

내 말에 엄마가 웃었다. 한 입 크게 솜사탕을 베어 먹는 기분이 드는 엄마의 웃음소리로 가슴이 간질간질했다.

"엄마 소원은 우리 영이의 소원이 이루어지는 거야."

나는 두 손을 머리 위로 들고 고개를 뒤로 젖히며 눈을 감고 외쳤다.

"졌다."

그리고 눈을 뜨자, 중심 시력이 남아 있어야 하는 공간에 하늘색 꽃마리가 박혀 있었다.

"치워, 엄마."

엄마가 꽃마리를 내 눈앞에 두었으리라 생각했다.

"장난 그만하라고."

그런데 손을 휘저어도 아무것도 잡히지 않았다. 나는 주저앉아 버렸다.

"영이야."

엄마의 목소리가 아득하게 들렸다. 엄마가 나를 와락 안자 울음 섞인 엄마 목소리가 점점 선명하게 들려왔다.

"내가 죽었어? 그만 울어. 남들이 보면 큰일 난 줄 알겠네. 손 좀 잡아줘, 엄마."

눈앞엔 여전히 노오란 달을 품고 있는 하늘색 꽃마리가

그대로 있었다.

"병원에 들어가자. 들어가서 의사 선생님보고……."

내 손을 쥐고 있던 엄마의 손이 바들바들 떨렸다.

"엄마, 우리 내일 다시 오자. 지금은 집에 가서 눕고 싶어. 아침에 창일이가 옷만 빨리 골라줬어도 이렇게까지 피곤하지 않을 텐데."

지금 엄마의 얼굴을 볼 수 없는 게 얼마나 다행인지 모른다. 눈물범벅이 되어 있겠지. 하얗게 질렸겠지. 입술은 다닥다닥 떨리겠지. 나는 엄마가 한 번도 되어보지 못했기에 잘 모르겠다. 앞이 완전히 보이지 않게 된 딸을 눈앞에서 보는 엄마의 마음을.

택시를 탔던 것 같은데 그 뒤로는 잘 기억이 나질 않는다. 아빠 목소리가 들렸던가.

침대에 누웠다.

엄마는 계속해서 누군가와 통화를 했고 아빠는 아무 말 없이 내 손을 잡고 있었다. 아빠의 손은 지금 나 대신 내 두려움을 꼭 쥐고 있는 듯했다. 커다란 손바닥이 내 무서움의 방패막이가 되어주었다.

눈을 감고 있어도 눈을 뜨고 있어도 보이는 꽃마리. 근데 왜 하필 꽃마리일까. 의사 선생님이 나중에는 완전히 보이지 않는다고 하질 않았나. 엄마에게도 아빠에게도 꽃마리가 눈앞에 보인다고 말하지 않았다. 아직은 아니었다. 내일 아침이 되어도 보이면, 아니 모레 저녁에도 보이면 그때 말할 것이다. 엄마, 아빠한테 던져준 짐은 오늘 이것만으로도 차고 넘친다.

잎이 많은 나무가 바람을 안고 천천히 걸어왔다. 내 손을 쥐는 엄마의 손.

조금 뒤 엄마와 아빠는 내 양손을 이불 안에 넣어주고

23

방을 나갔다. 스위치 누르는 소리가 들리지 않은 걸로 봐선 불을 켜놓고 나간 것이다.

어둠도 밝음도 오늘부턴 알 수 없지만, 그래도 불을 켜고 잘 순 없지 않은가.

나는 천천히 몸을 일으켜 침대에서 일어났다. 꽃마리의 하늘색 꽃잎이 흔들렸다. 팔을 뻗고 손가락 끝에 힘을 주었다. 오른발을 옮기자 하늘색 꽃잎이 또 흔들렸다.

내 방이야. 14년째 내가 쓰던 방. 걱정할 것 없어. 침대에서 스위치까진 서너 걸음이면 돼. 스위치 옆에 옷장이 있으니 모서리만 조심하면.

왼발을 한 걸음 크게 떼서 앞으로 내딛자 왼쪽 엄지발가락에 뭔가 걸렸다. 중심을 잃고 넘어졌다. 오른쪽 무릎이 아렸다. 딱딱한 것에 찍힌 것 같았다. 무릎에 손을 대자 끈적끈적한 게 묻어나왔다.

"야! 너 그걸 밟으면 어떡해?"

고개를 들었다. 하늘색 꽃마리 안에 동그란 구멍이 나 있었다.

"안 깨졌어?"

그 구멍 안에 하얀 귀가 쫑긋 올라와 있었다.

"누…… 누구야?"

"누군지 알 건 없고 네가 깔고 앉은 달뚜껑 좀 올려줘."

그제야 나는 내가 노란 뚜껑 위에 앉아 있는 것을 알았다. 엉거주춤 일어나서 하얀 귀가 말한 달뚜껑을 들어올렸다. 하얀 귀가 하늘색 꽃마리 구멍 밖으로 팔을 길게 내렸지만, 달뚜껑은 닿지 않았다. 그러자 하얀 귀가 꽃마리 구멍 안으로 쏙 들어갔다.

노란 달뚜껑을 들고 하늘색 꽃마리를 올려다보았다. 잠시 후 구멍에서 은빛 줄사다리가 도르르륵 펼쳐지며 바닥까지 떨어져 내렸다.

"얼른 올라와. 그거 놓치면 안 돼."

오른팔로 달뚜껑을 가슴에 꼭 안고 왼팔을 뻗어 은빛 줄사다리를 쥐었다. 손바닥에 은빛 가루가 묻어났다.

대체 이게 뭐지? 꿈……이야?

"뭐해? 시간 없어."

하얀 귀가 재촉하며 은빛 줄사다리를 흔들었다. 줄사다리에 올라온 내 몸이 통째로 출렁였다.

"흔들지 마. 올라갈 수가 없잖아."

내 말에 하얀 귀가 방긋 웃었다.

"이제야 말이 통하네. 빨리 올라와. 시상식 때까진 도착해야 해."

하얀 귀의 말을 알아들을 수는 없지만, 이게 꿈이든 아니면 상상이든 어차피 오늘부터 앞을 볼 수 없게 된 것 아닌

가. 이보다 더 심각한 일이 있을까.

그래서 결정했다.

'올라가 보자.'

나는 달뚜껑을 품에 안고 줄사다리 계단을 올라섰다.

류

• • • • • • • • • • • • • • •

"
눈이 덮인 것처럼 하얀 바닥, 하얀 허공, 희고 흰 공간들이

끝없이 펼쳐져 있었다.

"

밑에서 보았던 작은 구멍은 사다리를 타고 올라오자 꽤 컸다. 구멍보다는 둥근 입구라고 말하는 게 어울렸다. 줄사다리의 마지막 계단을 밟고 올라서자 하얀 귀가 눈앞에 보였다. 입구 안으로 들어가자 하얀 귀는 내가 밟고 올라온 은빛 줄사다리를 끌어올려 도록도록 말았다.

"가만히 서 있지 말고 뚜껑 좀 닫아줄래?"

명령인지 시비인지 분간이 안 되는 하얀 귀의 말투가 거슬렸다. 하얀 귀는 자신의 하늘색 털에 붙어 있는 줄사다리의 은빛 가루를 탈탈 털어내고 나를 빤히 보며 말을 이었다.

"그래 그거. 너, 친구들한테 좀 맹하단 소리 곧잘 듣지?"

들고 있는 달뚜껑을 순간 놓칠 뻔했다. 어이가 없었다. 맹하다니. 내가? 맹하다는 소리는 창일이한테 내가 수시로 하는 말이다. 그나저나 내가 여기 온 걸 알면 창일이는 대체 뭐라고 할까.

그 사이 하얀 귀는 달뚜껑을 낚아채려 했다. 달뚜껑을 놓치지 않으려고 있는 힘을 다해 꽉 쥐었다.

"얘기는 해줘야 될 것 아냐."

하얀 귀는 애 좀 봐라, 라는 눈으로 날 쳐다보며 물었다.

"뭘?"

"이건 뭐야? 그리고 여긴 대체 어디고? 분명 내 방이었거든. 아니 그것보다 오늘 낮에 병원 앞에서 본 꽃마리. 그거부터. 그 꽃마리가 갑자기……."

그 사이 하얀 귀는 내가 들고 있던 달뚜껑을 빼앗아 입구에 가져다 댔다. 그러자 노란 접시 모양의 달뚜껑이 순식간에 빵빵하게 살이 차더니 입구를 가득 메웠다.

"이제 가볼까?"

내 말은 듣지도 않고 하얀 귀가 앞서 걸었다. 눈이 덮인 것처럼 하얀 바닥, 하얀 허공, 희고 흰 공간들이 끝없이 펼쳐져 있었다. 그런데 하얀 귀가 걸어간 길 뒤로 연둣잎 발자국이 따박따박 찍혔다. 냉큼 뛰어가 하얀 귀 뒤로 바짝 붙어 걸었다. 잘 보이지 않게 된 이후로 뛰는 것은 꿈속에서만 가능했는데 이거 정말 꿈인 거야?

"아니."

"아니라고? 가만, 너 내 생각이 들리는 거야?"

"넌 네가 좀 듣는다고 생각하지? 천만에 말씀! 적어도 요 정도 거리에 있는 것들의 생각은 들을 수 있어야 그래도 3단계는 된다고."

하얀 귀는 멈춰 서서 나와 한 걸음 물어나며 '요 정도 거리'를 강조했다.

"3단계?"

"넌 아는 게 하나도 없구나. 대체 뭣 때문에 널 데리고 오라고 한 거지?"

하얀 귀는 몸을 돌려 다시 걷기 시작했다. 하얀 귀가 오른팔을 뻗어 허공을 내젓자 초록색 잎들이 길게 늘어져 내렸다. 그 잎을 헤치고 들어서자 붉은 줄무늬 꽃들이 커다란 꽃잎을 파닥거리며 하얀 귀가 걷는 길 양옆으로 화르륵 몸을 일으켜 세웠다.

"나도 몰라. 내가 어떻게 알아. 조용히 좀 해. 집중할 수가 없네. 알았어. 알았다고!"

하얀 귀가 딱 멈춰 서더니 방금 찍힌 연둣잎 발자국을 발끝으로 꾸욱 짓이겼다. 그러자 연두색 콩 두 알이 하얀 귀의 발가락 사이로 굴러 나왔다. 하얀 귀는 연두색 콩을 내 손에 쥐어주었다.

"네가 직접 대답해. 귀찮아 죽겠네."

나는 콩을 코앞에 갖다 댔다. 사과 향이 났다. 그러자 하얀 귀가 버럭 소릴 질렀다.

"먹으면 죽어! 귀에 끼우라고, 귀에! 넌 대체 아는 게 뭐
니?"

하얀 귀는 내 손에 있던 연두콩을 빼앗아선 오른쪽 귀에
넣었다.

'쟤 진짜 암것도 모르는 거야?'

'설마……'

'류는 어쩌자고 저런 애를 데리고 왔지?'

'라스가 직접 초대했다잖아. 류 잘못은 아니지.'

'우리 생각도 못 듣는 것 같은데?'

말소리가 나는 쪽으로 고개를 돌렸다. 붉은 줄무늬 꽃들
이 나와 눈이 딱 마주치자 꽃잎을 접어 얼굴을 가렸다. 그

때 키가 작은 붉은 줄무늬 꽃송이가 혀를 끌끌 찼다.

'봐봐. 연기였어. 연기. 다 듣고 있었다고.'

키가 작은 붉은 줄무늬 꽃송이 말에 고개를 숙이거나 얼굴을 가린 붉은 줄무늬 꽃들이 수런대기 시작했다.

'그럴 줄 알았지.'

'하여튼 인간이란 모두 타고난 거짓말쟁이야!'

하얀 귀는 축 늘어진 귀를 설레설레 흔들었다.

"네 이름이 류야?"

하얀 귀는 고개를 끄덕였다.

"라스……는 누군데?"

내 말에 붉은 줄무늬 꽃들이 줄기가 휘어져라 깔깔대며 웃었다.

'류, 빨랑 돌려보네. 너 아무래도 잘못 데리고 온 것 같아.'

'그래. 초대장은 확인했어?'

'류가 실수할 때도 있고. 오래 살고 볼 일이야.'

붉은 줄무늬 꽃들이 류와 나를 번갈아보고 웃었다.

"신경 쓰지 마. 라스가 직접 초대장을 보낸 건 네가 처음
이라 질투하는 거니까!"

류의 말에 붉은 줄무늬 꽃들이 왈그락달그락 몸을 비틀
며 가시를 세웠다. 그러자 남은 연두콩 한 알을 류가 내 왼
쪽 귀에 넣었다.

'우리 영이의 눈을…… 제발…… 제발 다시 볼 수 있게
해주세요.'

엄마?

'그렇게 잘 들으면서 왜 내가 지 좋아하는 건 모른데?'

계단을 내려가는 창일이의 발소리, 볼멘 창일이 목소리
가 엄마 목소리에 섞여 들렸다. 주위를 둘러보았다. 붉은

줄무늬 꽃들이 끝도 없이 펼쳐져 있었다.

'포기해야 돼. 더 이상 볼 수 없다는 거 인정해야 해.'

울음 섞인 내 목소리도 창일이 목소리와 헝클어져 들렸다. 목소리가 목소리를 불러오고 소리가 소리를 끌어당겨 내 목을 팽팽하게 조르는 것 같았다. 귀를 막고 그대로 쓰러졌다.

그림자 전보

● ● ● ● ● ● ● ● ● ● ● ● ●

> 보이지 않는다는 건 내가 사랑하는 사람들을 온전히 사랑
>
> 할 수 없다는 말이다.

"괜찮을까요?"

아빠 목소리다, 내가 무척 좋아하는. 양쪽 호주머니 가득 초콜릿을 넣고 학교에 가는 기분이랄까, 아빠 목소리는 그랬다.

"괜찮겠죠?"

이건 창일이 목소리.

"넘어지면서 잠깐 의식을 잃은 것 같습니다. 크게 다친 것 같진 않으니 걱정 안 하셔도 됩니다."

창일이 아빠도 오셨구나, 그랬구나. 꿈이었구나.

눈을 떴다. 그런데 눈앞에 꽃마리가 그대로 있었다.

심장이 뛰기 시작했다. 꿈이 아닐 수도 있겠다 싶었다. 팔을 뻗어 꽃마리의 하늘색 꽃잎을 쥐려는데, "영이야. 엄마야. 엄마." 엄마의 목소리가 들렸다. 그리고 꽃마리 꽃잎에 다가서려는 내 손을 엄마가 꼭 쥐었다.

"엄마, 네 옆에 있어. 말 좀 해봐. 엄마 지금 네 옆에……."

"잠시만 엄마, 잠깐만 손 좀 놔봐. 저걸 좀 저걸 좀 만져보게."

엄마의 손을 뿌리치고 다시 꽃마리를 향해 손을 뻗었다. 그런데 묵직한 두 손바닥이 내 손을 감쌌다.

"아빠다, 영이야."

"알았다고. 알았으니까 잠깐 손 좀 놓으라고!"

아빠의 두 손을 억지로 내치며 소리쳤다.

다시. 다시 저 안으로 들어가고 싶었다. 꽃도 풀도 하늘도 길도 선명하게 보이는 저 안으로 다시 들어가야 했다. 아무것도 보이지 않는 이곳에서 살 순 없었다.

팔을 뻗자 당장 손에 쥘 수 있을 것 같았다. 저 노란 달을 두드리면 문이 열리리라. 그러면 들어갈 수 있으리라.

침대에서 내려와 눈앞에 있는 꽃마리를 쥐려고 손을 오

므렸다 폈다 반복했다. 그런데 아무리 팔을 뻗어도 꽃은 잡히지 않았다. 아무리 손을 쥐었다 펴도 꽃은 만져지지 않았다.

"내가 가져다줄게."

창일이 목소리였다.

"네가 필요한 건 내가 다 가져다줄게."

"······ 꽃······ 꽃마리······."

"뭐?"

"꽃마리. 눈앞에 보이는데 잡을 수가 없어, 창일아. 분명이 저기 있는데 만져지지가 않아. 엄마. 엄마 거기 있지?"

몸을 틀자 누군가 나를 가만히 품에 안았다. 엄마 냄새였다.

"엄마, 저 꽃마리 좀 잡아줘. 그러면 볼 수 있을 거야. 저 뚜껑을 열고 올라가면 나도 볼 수 있다고."

엄마는 나를 더욱 꼭 안았다. 손을 더듬어 엄마의 얼굴을 만졌다. 엄마의 뺨으로 눈물이 흘러내렸다.

"미안해. 영이야. 미안해, 미안해. 미안……."

엄마는 나를 안고 주저앉았다. 엄마의 목소리가 흐려지며 몸이 기울었다.

"여보!"

"아줌마!"

"영이 어머니!"

아빠와 창일이와 창일이 아빠의 급박한 목소리. 손으로 엄마의 얼굴을 더듬었다. 엄마의 팔이 스르륵 나를 놓았다.

"엄마, 엄마! 엄마!"

나는 바닥을 더듬으며 엄마를 불렀다.

보이지 않는다는 건 나를 지킬 수 없다는 말과 같다. 마음에 익숙해지기 전까지 온몸에 가시가 서 있는 것이다.

"함부로 내 몸에 손대지 마."

"도와주려고."

내 팔을 쥐던 창일이의 손에 힘이 풀렸다.

"내가 너한테 도와달라고 얘기했어?"

"김영! 네 기분은 알겠는데 너 좀 너무하는 거 아니야?"

하린이 목소리가 들리는 쪽으로 머리핀을 던졌다.

"내 기분을 알겠다고?"

바닥에 쓸리는 하린이의 발소리. 하린이는 뒤꿈치를 끌면
서 걸었다.

"김영, 너 정말 못됐어!"

하린이의 손가락이 내 머리카락을 쓸어 올렸다.

"우리 엄마가 그러는데, 희망을 가지면 간절히 바라
면…… 된대. 분명 수술 기술도 발달할 거고 약도 개발

될……."

"희망은 너나 가져."

나는 하린이의 말을 싹둑 잘랐다.

"알았다, 알았어. 머리 어떻게 해? 땋아줘?"

고개를 끄덕이고 눈앞에 놓인 하늘색 꽃마리를 뚫어져라 쳐다보았다.

나에게 희망은 나쁜 약이었다. 볼 수 있을 거란 희망을 가지면 당장은 살 것 같지만 그 짧은 시간이 지나면 희망을 품지 않았을 때보다 몇 배로 더 마음이 힘들었다.

그래서 내 눈앞에 보이는 저 꽃마리부터 뜯어내야 했다. 꽃마리가 사라지면 내 희망도 완전히 사라질 테니.

"준비 다 됐니? 머리 예쁘게 땋았네. 하린이 작품이지?"

문 열리는 소리와 함께 엄마의 목소리가 들렸다.

"네, 아줌마. 이제 출발하는 거예요?"

"저희도 따라가면 안 돼요?"

하린이의 물음에 창일이가 이어서 말했다.

"뭐 구경났다고 따라온대?"

나는 결국 소리를 지르고 말았다.

"영이야. 창일이한테 무슨 말이니. 다 너 걱정해서."

"걱정 필요 없다고. 걱정한다고 내가 보여?"

"영이 말이 맞아요, 아줌마. 저랑 하린이는 집으로 갈게
요."

항상 저런 식이니 맹하단 소릴 듣지. 매번 내 말이 맞대.
내가 아무리 약 오르는 소릴 해도 내가 옳대. 대체, 저 아
인. 언제까지 내 옆에서 천사표일까.

"내키지 않으면 안 가도 돼."

엄마는 조심스럽게 내 등을 쓸어내렸다.

"엄만 날 몰라? 내가 하고 싶지 않은 거 하는 거 봤어?"

"그래, 하지만 불편하면 안 가도 돼."

"엄마, 내가 안 보인다고 내가 이상해진 건 아니야."

"무슨 말이야, 영이야?"

"전부 내 말을 믿고 있지 않잖아."

잠시 침묵이 흘렀다.

그랬다. 어제 엄마가 깨어난 후, 나는 눈앞에 꽃마리가 보인다고 말했다. 아빠가 정말이냐고 되물었고 창일이 아빠가 그럴 수 없다고 하셨다.

"창일이 너도, 내 말이 거짓말이라고 생각해?"

창일이는 아무런 대답도 하지 않았다.

그리고 밤늦게까지 창일이 아빠와 우리 부모님이 거실에서 이야기하는 걸 들었다.

"일반 정신과 치료와는 조금 다릅니다. 그분은 우리나라에서 유명한 심리학 박사이자 정신과 교수님이죠. 보이지 않는 걸로 인해 지금 영이가 받는 스트레스는 엄청날 겁니다. 그래서 마음의 치료가 필요하다는 거죠. 아마 신 박사님의 최면 치료가 도움이 될 겁니다. 그리고 영이 어머님도 마음 단단히 먹으세요. 스트레스가 심장엔 제일 안 좋은 거 아시죠?"

창일이 아빠의 말에 엄마와 아빠는 아무 말도 하지 않았다.

나는 소리 나지 않게 문을 닫고 무릎에 이마를 댄 채 새벽까지 일어나지 않았다.

"모두들 내가 이상하다고 생각하고 있잖아. 그런데 내가 정말 괴로운 건, 정말 내 머릿속이 이상해진 건 아닌지, 나도 헷갈린다는 거야. 나도 뭐가 뭔지 모르겠다고. 그래서 알고 싶어."

내가 겪은 일이 꿈이라면 하루빨리 꿈이었다는 말을 듣고 싶고. 환상이었다면 다시는 그런 환상을 볼 수 없게 되는 약을 먹고 싶고. 진짜라면, 만약 진짜라면 날 희망으로 몰아세우는 눈앞의 하늘색 꽃마리를 뜯어내고 싶었다.

"영이야, 널 이상하다고 생각하는 게 아니라……, 네가 보고 있는 게 진짜 보이는 게 아닐 수도 있으니까. 그걸 알아보려고 오늘 선생님께 가보는 거란다."

창일이 아빠 목소리였다.

창일이 아빠는 언제부터 내 방에 있었던 것일까. 하린이에게 머리핀을 던졌을 때부터? 아님 엄마랑 같이?

화가 났다.

"지금 내 방에 정하린, 서창일 그리고 엄마, 또 아저씨. 말고 더 있어요?"

"없어. 네가 말한 사람이 다야."

하린이가 답해주었다.

"다음부터 내 방에 들어올 땐 그게 누구든 이름부터 말하고 들어와 주세요."

"암튼, 기집애. 지 멋대로야. 난 간다."

뒤꿈치가 쓸리는 소리가 문을 향해 따라갔다.

"서창일. 넌 안 가?"

"어. 가야지. 갈게, 영이야……"

하린이의 물음에 창일이가 말끝을 흐렸다. 그리고는 조금 뒤 창일이와 하린이가 계단을 내려가는 소리가 들렸다.

"넌 대체 영이가 왜 좋은 거니? 정말 병이다, 병."

하린이의 목소리가 창일이 아빠의 헛기침 소리에 묻혔다.

보이지 않는다는 건 내가 사랑하는 사람들을 온전히 사랑할 수 없다는 말이다. 나는 어제 오후부터 엄마의 반달 눈썹도 아빠 목 뒤에 있는 검붉은 점도 볼 수 없게 되었다.

창일이 귀가 빨개졌는지 하린이 고 기집애가 어떤 색깔의
옷을 입었는지 알 수 없게 된 것이다.

아빠 차에서 내리자, 벨소리가 들렸다. 잠시 후 '철컥' 소
리를 내며 문이 열리는 소리가 났다. 내 어깨를 감싸고 있
는 엄마에게 나지막이 물었다.

"병원에 온 거 아니었어?"

"의사 선생님 집이래."

"집?"

"응. 정원이 아담하네. 지금부터 돌계단을 올라야 해. 스
무 개 남짓한테 괜찮겠어?"

고개를 끄덕이고 손에 힘을 주어 엄마의 팔을 잡았다.

"봄이 되면 여기 아래는 철쭉으로 가득하겠다."

"그래?"

"그래 영이야. 붉은 철쭉 옆으로는 보라색 붓꽃이 활짝 피겠는데?"

엄마는 내가 계단을 오르는 동안 목련나무가 있는 자리와 동백나무가 있는 자리도 알려 주었다.

"어서 오세요. 신준하입니다. 경대 소아과 닥터 서에게 전화 받았습니다."

철문이 바닥에 끌리는 소리와 함께 남자 목소리가 들렸다. 신발을 벗고 올라서자 무언가 내 발 근처를 낑낑거리며 돌아다녔다. 움찔하며 엄마 팔을 꽉 쥐자 엄마가 내 손등을 쥐며 말했다.

"흰 강아지야. 너무 예쁘네."

나는 몸을 낮춰서 손을 내밀었다. 축축한 콧등이 엄지와 검지손가락 사이로 쿵쿵대더니 맨들맨들한 혓바닥이 내 손바닥을 핥기 시작했다. 엄마는 내 왼손을 잡아 강아지 머리 위에 올려주었다.

"너는 이름이 뭐니?"

"뭐라고 지을지 고민하다 그냥 '너'라고 부른단다."

내가 강아지 머리를 쓰다듬으며 묻자, 선생님이 말해주었
다.

"너! 이리 와봐!"

바닥에 쪼그려 앉아 너를 부르자 너가 무릎 위로 뛰어올
랐다.

"너가 우리 영이랑 금방 친해졌네."

너의 털을 쓸어내리는 사이 선생님과 아빠는 이야기를
나누셨다.

"우린 여기서 기다리면 되나요?"

"네, 한 시간 정도 예상하시면 됩니다. 영이라고 들었는
데, 맞지?"

소리가 나는 쪽으로 고개를 돌리자, 엄마는 나를 일으켜
세웠다.

"같이 들어오세요, 영이 어머님."

문턱을 조심하라는 엄마의 말에 발을 들어 턱을 넘자, 모
과 향기가 났다.

"그 의자에 앉혀주시면 됩니다."

엄마는 선생님이 알려주신 의자에 내 손을 가져다 대었
다. 나는 등받이가 있는 의자에 앉았다.

"심장은 좀 어떠세요? 어제 쓰러지셨다고, 닥터 서에게
들었습니다."

"전 괜찮아요, 선생님. 우리 영이, 잘 부탁드립니다."

엄마는 내 손을 놓았다. 조금 뒤 문이 닫히는 소리가 들
렸다.

"최면 치료라고 들어봤니?"

"아니요."

"쉽게 말해 뇌를 보정하는 거야. 뇌가 잘못 받아들인 인식을……."

"그런 건 잘 모르겠고 내 눈앞에 있는 걸 지워줄 수 있으세요?"

눈을 감아도 눈을 떠도 꽃마리가 그 자리에 있었다.

"도와줄게, 내가. 눈앞에 보이는 걸 전부 말해줄래?"

"꽃마리요."

"꽃마리?"

"네. 엄마가 그렇게 불렀어요."

"꽃마리 말고 다른 건 보이는 게 없니?"

하늘색 꽃마리 안에 노오란 달이 있다고. 그 달을 열고 들어가면 붉은 줄무늬 꽃들이 가득 피어 있는 들판이 나온다고.

머릿속에서 빙글빙글 도는 말들을 꾹 참으며 고개를 가로 저었다. 어제 있었던 일을 다 말한다면 분명 날 미친애 취급할 게 뻔했다.

"지금부터 내가 네 눈앞에 있는 꽃마리를 지울 거야. 괜찮겠지?"

선생님은 내 손바닥을 천장을 향하도록 뒤집고는 목소리를 낮췄다.

"이제 눈앞에 있는 꽃마리의 꽃잎이 천천히 흔들릴 거다."

그러자 신기하게도 꽃마리의 꽃잎 한 장이 팔랑 움직였다.

"이제 너는 손을 뻗어 꽃잎을 하나씩 떼어낼 거란다."

길게 손을 뻗자 꽃마리의 가장 아래쪽에 달린 꽃잎에 겨우 손끝이 닿았다.

"자, 한 장을 떼어내렴. 남은 꽃잎은 다섯 장이구나."

꽃마리의 꽃잎은 여전히 여섯 장이에요, 라는 이야길 꺼내려 하자 손끝을 타고 하늘빛 작은 구슬들이 흘러내렸다. 그때였다. 노란 달뚜껑이 끼익, 소리를 내며 아주 조금 열렸다.

"여기 있었던 거야? 내가 얼마나 찾았는지 알아?"

류였다. 숨이 막혔다.

"다시 한 장을 떼어내 보렴. 이제 꽃잎은 네 장이 되었지?"

류는 소리 나는 쪽을 바라보며 물었다.

"저 뚱뚱한 아저씨는 누구니?"

나는 류의 물음에 입을 뗄 수가 없었다.

"여기서 뭐하는데?"

"…… 너 정말……."

"또, 또, 또! 그 슬픈 표정. 네 표정은 그거 하나뿐이니?"

"내가 또 잠든 거야?"

"그래서 꿈이면 같이 안 갈 거야?"

"어딜? 대체 어딜 가는데! 나는 말야. 나는 보이지 않아야 돼. 그게 맞다고. 그런데 난 네가 보여. 네가 보인단 말이야."

류는 자줏빛 콧잔등을 만지작거리더니 알 수 없다는 듯 나를 바라보았다.

"내가 안 보여야 된다고? 난 여기 있는데 어떻게 내가 너한테 안 보이게 할 수 있지? 도대체 네 말은 이해할 수가 없어. 그나저나 저 뚱뚱한 아저씨랑은 왜 같이 있는 거야?"

"나에게 최면을 걸고 있어."

류는 입술을 삐죽거리며 다시 물었다.

"그걸 왜 하는데?"

"꽃마리를 지우려고."

내 말에 류가 고개를 갸웃거렸다.

"그걸 지워서 뭘 하려고?"

류의 말에 코끝이 찡했다.

"정말 필요한 건 다 지워버리고 진짜 버려야 되는 건 모조리 쌓아두는 게 인간이라더니······."

나는 류를 빤히 쳐다보았다.

"누가 그래?"

"있어. 너 데리고 빨랑 오라고 그림자 전보까지 치는······. 근데 너도 꽃마리가 지워지길 바래?"

가슴이 뜨거워졌다.

"내가 안 보이길 바라는 거야?"

류가 날 빤히 바라보며 다시 물었다.

"아니, 난, 난 사실······ 널 기다렸어."

널 기다렸어, 라니. 나는 내가 뱉어낸 말에 당황스러웠다. 류를 다시 볼 수 있으리라는 생각은 하지 못했다. 꿈이거나 내가 만들어 낸 환상일 거라고 생각했다. 그런데 달뚜껑이 열리고 류를 보게 되자 내가 얼마나 류가 다시 나타나길 기다렸는지 알 수 있었다.

류는 날 보며 빙긋이 웃었다.

"이게 이렇게 잘 쓰일 줄 몰랐다니까."

류는 돌돌 말린 은빛 줄사다리 끝을 쥐고 바닥으로 떨어뜨렸다. 줄사다리를 잡고 나는 달의 입구까지 올라갔다.

"이제 남은 꽃잎은 두 장이구나. 이제 두 장의 꽃잎만 떼어내면 너는 자유로워진단다."

달뚜껑은 나 하나 겨우 들어갈 만큼만 열려 있었다. 안으로 머리와 어깨를 밀어 넣자, 류가 내 팔을 잡아당겼다.

"마지막 꽃잎을 쥐고 있구나. 이제 너는……."

"아, 뚱뚱한 아저씨가 말도 되게 무겁게 하네."

류의 말에 달의 틈새로 의사 선생님이 혼자 있는 방 안을 내려다보았다. 머리 위로 두툼한 손을 치켜든 의사 선생님의 얼굴이 벌겋게 달아올라 있었다. 마지막 대사를 하는 연극배우처럼 비장하게 보였다.

"이제 너는!"

나는 달뚜껑을 닫았다. 탁, 하는 소리와 함께 선생님의 말이 툭, 끊겼다.

"이제 너는 진짜 자유로워졌다!"

류가 두 팔을 허공으로 힘껏 올리며 의사 선생님처럼 소리 질렀다. 류와 나는 한참을 웃었다.

세상에 없는 것들의 세계

● ● ● ● ● ● ● ● ● ● ● ● ●

66

다른 이들 눈에만 내가 보이질 않는 게 아니라 나도 나를

볼 수 없어. 그게 너무 오래되니까 내가 없는 것 같아.

99

나와 류 사이를 빙빙 돌던 푸른 그림자 새가 류의 어깨 위에 올라앉았다.

"라스가 보낸 그림자 전보야. 너만 볼 수 있어."

류의 말에 입도 눈도 코도 없는 그림자 새를 바라보았다.

"나만 볼 수 있다고? 뭘 어떻게 해야 볼 수 있는데?"

"손 이리 줘봐."

류에게 손을 내밀자 푸른 그림자 새가 내 손등으로 옮겨 날았다.

"촛불 꺼봤지?"

나는 류의 말에 '후!' 하고 입바람을 불었다. 그러자 푸른 가루가 폴폴 날리더니 바닥에 작은 종이 한 장이 떨어졌다. 류는 고개를 절레절레 흔들었다.

"난 뜨거워서 못 만져."

종이 끝을 살짝 집어 들자 잘 익은 바나나 냄새가 났다.

네가 본 마지막 꽃이 뭐였지?

네가 만약 그때 장미를 보았거나

패랭이꽃을 보았거나

운이 나빠 아무런 꽃도 보지 못했다면

넌 이런 기회를 얻지 못했을 거야.

빛을 잃은 자리에 나의 심장이 다가가길.

- J. LEAVE 라스

"라스가 뭐래?"

류는 내 옆으로 바짝 다가와 종이를 뚫어지게 보았다.

"뭐라고 적혀 있는데?"

"넌 정말 안 보이는 거야?"

류의 자줏빛 콧등 앞으로 종이를 들이밀며 물었다.

"하여튼! 인간들이란! 이 따위 쓸모없는 문자나 만들어
선! 글자로 주고받고부터 다른 이들의 생각은 손톱만큼도
들을 수 없는 거라고!"

"그럼, 라스도 인간이란 말이야?"

"······ 인간? 이었나? 그런가? 아이쿠 뜨거워!"

류는 손가락으로 종이 끝을 조심스레 만지는가 싶더니
화들짝 놀라며 뒤로 물러났다.

"앗! 뜨거! 데었어. 또 데었어!"

류는 발을 동동 구르며 호들갑을 떨었다.

"빛을 잃은 자리에 나의 심장이 다가가길. 이건 무슨 말일까?"

그때였다. 하린이가 길게 땋아준 머리카락이 순식간에 풀릴 정도로 강한 바람이 나를 훑고 지나갔다. 그리고 길고 투명한 빛이 천천히 내 앞으로 다가왔다.

"너 오다가 또 다른 길로 샐까봐 라스가 보낸 거야."

류는 문을 밀듯이 투명한 빛을 쑥 밀었다. 그러자 투명한 빛 한가운데로 물컹 류가 빨려들었다. 그리고는 들어오라는 손짓을 보내며 투명한 의자에 앉았다.

"빛을 잃은 자리에 나의 심장이 다가가길. 이건 무슨……."

말이 끝나기도 전에 투명한 빛이 나를 물컹 안았다.

"암만해도 그건 라스가 보낸 암호 같은데?"

류의 말에 몸이 통째로 출렁거리다 투명한 의자에 앉았다.

"암호?"

"그래, 그 말을 하자마자 눈물 열차가 너한테 온 걸 봐도 그렇고, 널 껴안은 걸 봐도 그렇고."

류는 주머니에서 손수건을 꺼내 코를 팽하고 풀더니 눈가에 맺힌 그렁그렁한 눈물을 손바닥으로 탈탈 털어냈다.

"이 열차는 빨라서 좋긴 한데 자꾸 슬픈 생각이 난단 말이야. 넌 안 슬퍼?"

나는, 하고 말하려는데 눈물 열차가 출발했다. 그리고 열차 밖으로 초등학교 2학년 여름방학 때 버스를 타고 기차를 타고 비행기를 타고 차를 타고 달리면서 또 날면서 보았던 푸른 들과 푸른 바다와 푸른 하늘이 하나씩 빠르게 지나가기 시작했다. 다시 나는, 하고 말하려는데 눈물 열차 안으로 엄마 냄새가 가득 찼다. 류의 눈물과 내 눈물이 방울방울 뭉쳐져선 눈물 열차의 투명한 빛으로 스며들었다.

"이 열차 정말 이상해."

내가 눈물을 훌쩍거리며 말하자 류도 훌쩍거리며 말했다.

"라스가 만들어 낸 거야. 슬픔은 모든 이들의 벗이라며."

"그럼 이건 눈물로 가는 거야?"

"그런 셈이지. 눈물이 이 열차를 움직이게 하는 에너지야."

눈물이 데굴데굴 굴러 빛으로 스며드는 사이 나는 발아래를 보았다. 심장이 멎는 줄 알았다.

까마득한 절벽과 더 까마득한 하늘 사이를 눈물 열차가 지나가고 있었다.

"대체 여긴 어디야?"

"여기?"

류는 얼마나 울었던지 볼이 빨갛게 달아올라 있었다. 그리고 다시 코를 팽 풀고는 먼 곳을 바라보며 말했다.

"그냥 통틀어 세상에 없는 것들로 채워진 세계야."

"어제 내가 본 붉은 줄무늬 꽃밭이랑 여기 이 절벽들 말고 뭐가 더 얼마나 있는데?"

"나도 잘 몰라. 아마 지금도 저 끝 어디에선 계속 새로운 게 만들어지고 있을 걸?"

"무슨 소리야?"

"여긴 라스가 생각하는 대로 만들어지는 세계이니까. 세상에 없는 것들의 세계!"

"라스가 생각만 하면 무엇이든 만들어져?"

"대충은. 여긴 라스의 세계이니까."

"부럽네. 전부 다 가질 수 있다니……."

갑자기 눈물 열차가 멈췄다. 그리고 투명한 빛이 나를 열차 밖으로 툭 뱉어냈다. 검고 메마른 땅을 밟고 서자 눈물 열차가 멀어지는 것이 보였다. 손수건을 흔들고 있는 류가 점점 작아졌다.

"심장이 없어, 난."

소리가 나는 쪽으로 몸을 돌렸다. 벼랑 끝에 거대한 태양이 걸려 있었다. 그리고 그 끝에 누군가 은빛 신발을 흔들며 앉아 있었다.

"누구야, 넌?"

천천히 그에게 다가갔다. 태양을 마주보고 앉은 그의 이마 위에 J. LEAVE라고 휘갈기듯 새겨져 있었다.

"라……스?"

그는 초록색 눈동자를 가지고 있었다. 라스는 옆으로 조금 비껴 앉더니 자신이 앉았던 자리를 손으로 가볍게 두드렸다. 그러자 우윳빛 네잎클로버들이 오소소 올라왔다.

"이쪽이 그나마 제일 따뜻해. 난 추운 건 딱 질색이거든."

라스는 흰 머리카락을 귀 뒤로 쓸어 넘기며 나를 보고 찡긋 웃었다. 라스가 걸터앉아 있는 곳은 아래가 보이지 않는 까마득한 벼랑 위였다.

"심장이 없다고?"

라스가 만들어 낸 네잎클로버들을 가만히 쓰다듬으며 물었다.

"그런데 어떻게 살아 있어?"

나를 보던 라스는 다시 거대한 태양 쪽으로 고개를 돌렸다.

"넌, 내가 보이는 거지?"

다양한 빛깔들이 라스의 얼굴과 목을 붉고 푸르게 만들었다.

"내 눈앞에 있잖아."

"그렇지. 넌 분명 나를 볼 수 있어."

"널 볼 수 없는 사람도 있어?"

"모든 사람. 모든 동물. 모든 식물. 살아있는 모든 것들. 너만 제외하고."

나만 제외하고? 나는 라스를 다시 한 번 바라보았다.

"왜 나만 널 볼 수 있어?"

"그건 내가 더 궁금한데? 너에게는 왜 내가 보이는 거지?"

"그야 네가 내 앞에 있으니까."

라스가 나를 보며 환하게 웃었다.

'왜 저렇게 아름답게 웃는 거지?' 라는 생각이 스쳤다.

"니 말이 정답이니까."

깜짝 놀랐다.

"너도 여기 있는 애들처럼 생각을 들을 수 있는 거야?"

"물론. 내가 그렇게 만들었는걸."

"3단계라고 하던데. 류는. 요 정도 거리에서 다른 이들의 생각을 듣는 거 말이야."

이 아이라면 내 모든 궁금증에 답을 해줄 수 있을 것이다. 내가 왜 여기 왔는지, 이제부터 내가 어떻게 되는지. 그런데 뭐부터 물어봐야 되는 거지?

"2단계부터. 내 생각엔 그거부터 물어보는 게 좋을 것 같은데?"

라스가 환하게 웃으며 고개를 돌렸다.

"그래, 그거부터. 2단계는 뭐야?"

"지나온 시간 속에서 우리를 스쳤던 이들의 생각을 들을 수 있는 것!"

"그것도 연두콩만 귀에 넣으면 되는 거야?"

"마음을 읽는 게 그렇게 쉬워서야 되겠어?"

라스는 자리에서 일어났다. 라스가 입고 있던 바다색 옷이 나풀거렸다.

"그럼?"

나는 고개를 들어 훌쩍 높아진 라스를 바라보았다.

"먼저 네가 왜 여기 왔는지부터 알려줘."

"그러니까 내가 여기 이 세계에 오게 된 게, 네가 한 게 아니란 말이야?"

라스를 올려다보며 물었다.

"초대장을 보낸 건 맞지만 나도 네가 보낸 그림자 전보가 궁금했을 뿐이야."

라스의 가슴에 달린 은빛 새 브로치가 눈에 부셨다.

"나도 널 만나면 다 알 수 있을 거라 생각했는데. 우리 둘에게 답이 있는 건 아닌가 보네?"

라스는 노란 눈썹을 문지르며 어깨를 으쓱 올렸다.

"난 네가 무슨 말을 하는지 모르겠어. 그림자 전보도 그렇고……."

"내가 너라도 마찬가지일 거야. 그럼 지금부터 움직여 볼까?"

라스는 손을 내밀었다. 희고 긴 손가락을 가진 손이었다.

"아무래도 지루한 시상식에 가봐야 우리 둘 다 원하는 답을 찾을 수 있을 것 같은데?"

라스의 손을 잡으려 하자 그는 고개를 한껏 젖히며 크게 웃었다.

'왜 그렇게 웃는 건데. 날 일으켜 주려고 손 내밀었던 것 아니야?'

얼굴이 화끈거렸다. 라스는 내 오른쪽 귀에 손을 댔다. 그리곤 내 코앞에서 손바닥을 폈다. 바짝 마른 연두콩이 라스의 손 위에 있었다.

"이런 걸 오래 끼고 있으면 마음이 상해."

라스는 류가 했던 것처럼 신발 끝으로 땅을 꾸욱 눌렀다. 그러자 연두콩 두 알이 데굴 굴러 나왔다.

"요건 유통 기한이 길지 않아. 만약 시간이 지나도 빼지 않으면 고약한 마음이 떠오르니까 잘 기억해 둬."

라스가 새 연두콩을 내 오른쪽 귀에 갖다 댔다. 냉큼 라스의 손에서 연두콩을 빼앗아 귀에 넣고는 "나도 안다고." 라고 툭 뱉었다. 라스가 빙긋 웃더니 다시 빈손을 내게 내밀었다. 라스의 손을 무시해 버리고 바닥에서 일어나 흙이 묻지도 않은 바지를 툴툴 털어내며 말했다.

"너 진짜 심장이 없는 거 맞아?"

라스는 내게 내민 손을 거두고는 멋쩍은 듯 웃었다.

"왜?"

"심장이 없는데 어떻게 마음을 알아?"

"넌 심장이 있어야만 마음이 존재할 거라고 생각하는 거야?"

"딱 심장 옆은 아니라도 심장 근처에 마음이 있을 거라고 생각해. 왜 우리가 '마음' 하면 이렇게 가슴에 손을 올리잖아."

라스의 흰 머리카락이 바람에 날렸다.

"내가 네 어깨를 보면 거기에 내 마음이 올라가."

라스의 말에 어깨가 뜨끈뜨끈해졌다. 라스는 가볍게 내 손을 쥐고 손바닥을 들여다보며 말을 이었다.

"그리고 내가 네 손금을 이렇게 보면 내 마음이 네 손금에 올라가지."

자세히 들여다본 적이 없는 손바닥 안에 어지럽게 길이 나 있었다.

"내가 네 눈을 보면……."

나는 라스의 말에 침을 꼴깍 삼키고 퉁명스레 내뱉었다.

"네 마음이 내 눈에 올라간다고?"

그러자 라스가 부드럽게 웃으며 고개를 가로저었다.

"아니. 내가 네 눈을 보면 네 마음이 내 눈을 보게 되지."

라스와 시선을 마주치자 어디서 튀어나왔는지 내 마음이
라스를 향해 뛰기 시작했다. 상한 연두콩 때문인지 싱싱한
연두콩 때문인지 나는 라스의 심장 소리가 들리는 것 같았
다.

"시상식이 지루하다고?"

얼른 이야기를 돌렸다.

"좀 그렇지?"

라스가 앞서 걸었다. 그가 발을 뗀 곳마다 흰 돌이 하나씩
생겨났다.

"뭐에 대한 시상식인데?"

"내 심장."

흰 돌이 놓인 자리부터는 땅이 엷어지기 시작했다.

"네 심장?"

라스는 슬쩍 뒤를 돌아보곤 고개를 끄덕였다.

엷어진 땅은 점차 사라졌다. 까마득한 허공에 흰 돌만 밟으며 발을 디딘다는 건 나로서는 쉬운 일이 아니었다. 눈이 어질어질했다. 잘못 밟았다간 낭떠러지 행이었다.

"손 잡아줘?"

고개를 내저었다. 생각하지 말자. 생각하지 말자. 아무 생각도 하지 말자.

라스가 두세 걸음 빠르게 걷자 내 뒤에 있던 하얀 징검돌도 하나둘씩 빠르게 사라졌다.

"천천히 좀 가면 안 돼?"

멈춰 서서 라스에게 소리쳤다. 라스는 뒤돌아서서 나를

위아래로 훑어보았다. 그리곤 검지손가락으로 아랫입술을 문지르고는 발아래를 가리켰다. 그리고 "거기."라고 짧게 말했다. 아무것도! 없었다! 나는 늪에 빠진 것처럼 순식간에 검은 허공으로 빨려 들어갔다. 살려달라는 소리도 입밖에 내지 못했다.

"도와줘?"

라스가 내 옆에서 나와 같은 속도로 떨어지고 있었다. 라스의 팔을 잡았다. 그러자 라스와 나는 체크무늬 꽃밭에 풀썩 내려앉았다.

"얼마나 더 가야되는 거야?"

"하루."

라스의 말에 꽃밭에 드러누워 버렸다. 다리가 후들거려서 더 이상은 걸을 수가 없었다. 오렌지 빛 하늘에 옥돌 같은 별들이 반짝거렸다. 별들 사이로 길고 투명한 빛이 구름 꼬리를 휘저으며 서쪽으로 지나가고 있었다.

"아, 그래! 눈물 열차를 부르면 되겠네. 류가 그러던데 여긴 네 세계라며? 뭐든 다 만들고 다 할 수 있다면서."

발딱 앉으며 라스에게 말했다.

'난 너랑 조금 더 걷고 싶은데.'

라스는 내게 손을 내밀었다. 가슴이 간지러웠다. 나는 벌떡 일어나 오른쪽 귀에서 연두콩을 빼냈다.

'이것 때문에 이상한 것까지 다 들린다니까.'

나는 고개를 절레절레 흔들며 체크무늬 꽃밭을 덤벙덤벙 걸었다.

'심장이 왔대.'

'진짜 심장이래?'

'그럼 이번엔 인간의 심장이라던데?'

소리가 나는 쪽을 바라보자 체크무늬 꽃잎 뒷장에 고치

두 마리가 나란히 매달려 있었다. 내가 가까이 다가가 고치 하나를 툭 건드리자, 빨갛게 색깔이 변해선 다짜고짜 따지고 들었다.

'왜 쳐! 왜! 쬐그만 게! 왜 쳐!'

그 옆에 있던 고치가 점점 짙푸르게 색깔이 변하며 목청을 키웠다.

'쟤 혹시 류가 데리고 온 애 아니야?'

'맞네, 맞아. 갑자기 사라졌다더니 여기서 헤매고 있는 거야?'

고치 두 마리가 가지 끝에 매달려선 몸을 앞뒤로 흔들며 키득거렸다.

'붉은 줄무늬 꽃밭에 있는 뿔난 개미들이 그러던데. 쟤 완전 거짓말쟁이라며? 게다가 쟤 아는 것도 하나도 없대! 설마 저런 애를 라스가 초대했겠어?'

나는 뒤를 돌아보았다. 라스는 고치 두 마리에게 당하고 있는 나를 본척만척하고는 휘파람을 불며 반대쪽으로 걸어갔다.

"뭐야. 이 연두콩 순 가짜잖아?"

나는 손에 쥔 연두콩을 호주머니에 넣었다. 그리고 쪼그리고 앉아 고치 두 마리를 향해 말했다.

"라스가 금방 나한테 뭐라고 했는지나 알아?"

내 말에 몸을 앞뒤로 살살 흔들던 빨간 고치가 점차 하얗게 몸 색깔이 돌아오며 말했다.

'뭐? 네가 지금 라스랑 같이 있다고? 얘 좀 봐 저렇게 터무니없는 거짓말을 눈 하나 깜짝 안하고 말한다니까.'

'정말이네. 쫌만 있음 라스가 보인다고 할 판인데?'

하얗게 된 고치와 푸른빛이 조금씩 사라지고 있는 고치가 나를 번갈아보며 킬킬대고 웃었다. 기분이 팍 상했다. 암

83

만 머릴 굴려도 라스가 보이는 걸 증명할 방법이 떠오르질
않았다.

'라스가 너랑 같이 있고 싶다고 말이라도 했다고 하지?'

고치의 말에 이때다 싶었다.

"잘 아네."

무릎을 탁 치며 일어나서 고치 두 마리를 향해 혀를 쪽
내밀었다.

'어머머! 쟤 좀 봐.'

"저 숲으로 라스가 가고 있는데. 너흰 보이지도 않지?"

색이 옅어졌던 고치가 다시 파랗게 색이 올라 터질 듯 부
풀어 올랐다.

'저긴 안개의 숲이야. 넌 들어가면 빠져나올 수도 없는
곳이라고.'

"그러니까 라스랑 같이 간다고. 못 믿겠으면 따라오든가."

나는 손가락 한 마디 크기의 고치 두 마리를 툭툭 건드리며 놀렸다. 그런데 고치가 조금씩 부풀어 오르기 시작했다. 왼쪽에 매달린 연푸른 고치는 파랗게 색이 짙어지며 부풀어 오르고 오른쪽에 매달린 것은 빨갛게 색이 변하며 부풀어 올랐다. 곧 축구공보다 커지더니 10초도 지나지 않아 내 키보다 늘어나선 점점 크고 빵빵하게 부풀어 오르는 게 아닌가. 뒤를 흘끔 보았다. 라스는 고치들이 말한 안개의 숲으로 들어가 버렸는지 보이질 않았다.

잠시 뒤 거대해진 고치가 "빵!" 터지면서 사방으로 끈적대는 허물이 튀었다. 그리고 빨간색 고치 안에서는 목이 긴 도마뱀이, 파란색 고치 안에서는 온몸에 혹이 달린 두꺼비가 나왔다.

"뭐야, 이런 것도 라스가 생각해 낸 거야?"

목이 긴 도마뱀이 성큼성큼 다가오며 말했다.

'못 믿겠으니 나는 널 좀 따라갈까 하는데.'

혹이 달린 두꺼비도 긴 혀를 날름대며 말했다.

'내 생애 가장 배부른 날이 될 것 같군.'

나는 내뺄 힘도 싸울 힘도 없었다. 될 대로 되란 마음으로 눈을 감고 폭삭 주저앉았다.

"자는 거야? 여기서 잠들면 붉은꼬리박쥐한테 잡혀갈 텐데……"

라스의 목소리였다. 눈을 번쩍 떴다.

"축하해! 연두콩 없이 3단계 된 것!"

라스는 날 보고 환하게 웃으며 박수를 쳤다.

"그거 확인해 보려고 두꺼비에게 먹힐지도 모르는 상황에서 날 모른 척 한 거야?"

라스를 톡 쏘아보았다. 그러자 라스가 고개를 한껏 뒤로 젖히고 웃더니 날 내려다보며 말했다.

"나는…… 네가 참 신기해."

"나는, 네가 진짜 이상해."

나무에 기대서 날 내려다보는 라스에게 지지 않고 받아
쳤다.

"어쨌든 내가 싫다는 말은 아니네?"

라스가 어깨를 으쓱 올리며 장난스럽게 말을 받았다.

"그래도 네가 좋다는 말은 아니니까."

내 말에 라스가 다시 소리 내서 웃었다. 라스의 웃음소리
가 빽빽이 들어선 나무들 사이를 통통 튕기며 번져나갔다.

"여긴 왜 만든 거야?"

라스를 흘끔 쳐다보며 물었다. 라스는 내 옆에 자리를 잡
고 앉았다.

"혼자 있고 싶을 때 가끔 여기 와."

잎 하나 없이 가지만 있는 나무들은 각자의 기둥에 등을

하나씩 매달고 서 있었다.

"아무도 널 볼 수 없다며, 그럼 매일 혼자 있는 거 아니야?"

"나를 볼 수 없는 것과 내가 볼 수 없는 건 다르지."

"무슨 말이야?"

"그들은 내 눈물을 볼 수 없지만, 나는 그들 앞에서 눈물 흘리는 게 싫거든."

상황은 다르지만 나는 그의 말을 이해할 수 있었다. 내 방에 누가 들어와 있는지도 모른다는 건 너무 기분 나쁜 일이다. 울고 싶은데 내 옆에 누가 있는지도 모른 채 큰 소리로 울 수는 없는 일이다.

"언제 혼자 있고 싶은데?"

"다 같이 있을 때."

"그건 나랑 똑같네."

내 말에 다시 라스가 깔깔대며 웃었다.

"이걸 먹으면 죽는대."

호주머니에서 연두콩을 꺼내 라스에게 내밀며 말했다.

"누가 그래?"

라스가 기대고 있던 나무가 하늘을 찌를 듯 줄기를 뻗어 냈다. 몸이 붕 떠오르는 기분이 들었다. 발아래로 검은 안개가 피어오르기 시작했다.

"진짠가 보네?"

라스는 내 손에 있는 연두콩을 빼앗았다.

'류, 이 녀석. 쓸데없는 거나 알려주고.'

"정말 죽는구나?"

라스는 나를 빤히 보았다.

"나 지금 니 생각 또 읽은 거지? 나 완전 3단계 맞지?"

"생각했던 것보다 빠르네. 제법인데?"

라스가 내 머리를 쓰다듬으며 웃었다. 그때였다. 심장이.
쿵쿵쿵 뛰기 시작했다. 지금까지 있는지도 몰랐던 심장이,
왜 갑자기 소리를 내는지 얼굴이 화끈거렸다.

"들렸어?"

조심스럽게 라스에게 물었다. 안개가 연둣빛으로 번졌다.

"뭐가?"

갈색 발을 가진 다람쥐 두 마리가 잽싸게 나무 기둥 위
로 올라갔다. 라스가 손을 내밀며 말했다.

"내 심장 소릴 네가 못 들어서 참 다행이야."

라스는 심장이 없지 않나? 그런데 분명 '내 심장 소리'라
고 말했다. 내게 들리는 심장 소리가 누구의 것인지 헷갈리
기 시작했다.

"이 소리 내 거야, 네 거야?"

라스의 손을 잡자, 따뜻한 기운이 팔을 타고 심장에 가닿

는 것 같았다. 가볍게 라스가 내 손을 끌어당겼다.

"잊어버렸구나? 난 심장이 없다고."

우리는 손을 잡고 안개의 숲을 걸었다. 시냇물 흐르는 소리가 우리 뒤를 따라다녔다.

"궁금한 게 있어."

라스의 머리 위로 야광 나비들이 세모난 날개를 파닥이며 날아올랐다.

"넌 뭐든 다 가질 수 있는데 행복해 보이지가 않아."

내 말에 라스는 천천히 고개를 끄덕이고 나에게 물었다.

"너는 뭘 가지지 못해서 슬퍼 보이는 거야?"

"난 슬프지 않아."

나는 입을 꾹 다물었다.

"나도 행복한데?"

라스가 멈춰 서서 나를 보자, 시냇물 소리가 뚝 끊겼다.

"암튼, 너한테는 숨길 수가 없어. 나 사실 앞을 볼 수 없어. 물론 여기서는 어떻게 된 건지 보이지만 말이야. 어쨌든 앞을 볼 수 없는 애가 안 슬퍼 보인다면 그게 더 이상하지 않아?"

"볼 수 없다고 해서 보이지 않는 것들이 없어지는 건 아니잖아."

그래도, 라고 토를 달려다 그만 두었다. 라스에겐 굳이 그러고 싶지 않았다.

"그럼, 너는? 왜 행복하지 않아?"

"지금 내 표정, 내 머리카락, 내가 입은 옷, 다른 이들 눈에만 내가 보이질 않는 게 아니라 나도 나를 볼 수 없어. 그게 너무 오래되니까 내가 없는 것 같아."

"넌……"

하마터면 '넌 꽤 근사해.' 라는 말을 나도 모르게 할 뻔했다.

"알려줘서 고마워."

라스의 장난스런 말투에 고개를 절레절레 내저었다.

"다른 이들의 생각을 엿들을 수 있는 건 정말 지독한 일이야."

라스의 손을 밀어내고 앞서 걸었다. 시냇물 소리가 다시 들렸다.

"내가 만들어 놓고 후회한 적이 있었는데 널 만나고 보니 꽤 근사한 작품인 것 같은데?"

"후회한 적이 있다고?"

뒤돌아서서 라스를 보았다. 라스의 노란 눈썹 끝에서 황금빛 가루들이 흩날렸다.

"내가 만들었다고 다 내 맘대로 할 수 있는 건 아니니까."

"그럼 왜 만들어?"

"그러게……."

라스가 다가와 내 옆에 멈춰 섰다. 안개의 숲 출구가 보였다.

"그래서 내가 만들어 놓고도 후회할 때가 있어."

라스는 오른손을 펴고 가만 내려다보았다. 내게 빼앗았던 연두콩이 거기 올려져 있었다.

"후회할 만큼 잘못 만들었다고 생각하는 건 사라지게 할 수는 없는 거야?"

"사라지게 하는 걸 만들고서도 후회한 적이 있는데?"

라스는 어깨를 으쓱 올리더니 다시 걸었다. 나는 슬쩍 라스의 손을 잡았다. 라스의 손에 힘이 들어갔다.

"비밀 한 가지 알려줄까?"

"어떤 비밀?"

"들키고 싶지 않은 생각을, 하고 싶을 땐 말이지. 생각하기 전에 '비밀이야'라고 먼저 생각을 하면 누구도 네 생각을 듣지 못해."

"정말?"

나는 라스의 손을 잡고 우뚝 섰다. 그러자 라스가 환하게 웃으며 고개를 끄덕였다.

"왜 진작 그 얘길 하지 않았어?"

"비밀이야."

라스는 내 손을 이끌고 다시 걸었다.

"너 지금 생각하고 있지? 근데 내가 못 듣는 거지? 너! 지금까지 네 생각 앞에는 다 '비밀이야'를 붙인 거 아니야? 그렇지? 그게 맞지?"

아무리 캐물어도 라스는 고개를 설레설레 흔들며 웃기만 했다. 안개의 숲 출구가 조금씩 조금씩 멀어졌다. 멀어지는 안개의 숲 출구와 나를 번갈아보며 라스가 생각에 잠겼다. 그리고 나에게 라스의 생각이 또렷하게 들렸다.

'언제나 여긴 혼자 있고 싶을 때 들어왔거든. 그런데 들어와서 혼자라고 느끼면 여길 빨리 나가고 싶었어.'

나는 '그런데?'라고 생각했다. 라스가 안개의 숲 출구를 가만히 바라보았다. 그러자 출구가 사라지고 커다란 솜사탕 나무가 그 자리에 생겼다.

'지금은 너랑 둘만 있고 싶어서 여길 들어왔는데 둘만 있다고 느끼자마자 여길 나가고 싶지 않아.'

라스의 생각을 듣자, 뺨에 열이 올랐다. 나는 잡고 있던 라스의 손을 재빨리 놓고는 솜사탕 나무쪽으로 걸어가며 말했다.

"그런 생각은! 하기 전에 먼저 '비밀이야.'라고 생각해 놓고 해야 되는 거 몰라?"

"그러게…… '비밀이야.'라고 생각할 틈도 없이 그 생각이 들었는걸. 그리고 이런 생각 들키는 거 난 좋은데."

빨갛게 달아오른 얼굴을 보여주기 싫어서 솜사탕 나무만 올려다보았다. 솜사탕 나무 기둥에 손을 갖다 대자 알록달록 별사탕들이 또록또록 떨어져 내렸다.

　나는 '비밀이야.'라고 생각했다. 그리고 라스가 서 있던 쪽을 향해 몸을 돌렸다.

　그런데 라스가, 없다.

　라스가 사라졌다.

　내가 너를 볼 수 없다는 건. 네가 보이지 않는다는 건……

　안개의 숲 어디에도 라스는 없었다.

너의 눈을 내 심장과 바꿀 수 있기를

● ● ● ● ● ● ● ● ● ● ● ● ● ● ●

"

외로워서 세상에 없는 걸 자꾸 생각해 냈는데. 그런데 이

상하게 새로운 게 생겨날수록 더 외로운 거 있지.

"

나는 소리 내어 울기 시작했다. 발아래를 흐르던 안개가 그대로 멈췄다. 8년 전 아빠의 눈물을 보고 나서부터 나는 소리 내어 운 적이 없었다. 별거 아닌 일에 큰 소리를 내며 우는 애들이 부러웠지만 나는 그럴 수 없었다. 누구에게도 우는 걸 보여주고 싶지 않았다. "넌 참 강한 아이구나"라는 얘길, 다른 사람이 나를 보며 그렇게 말하는 걸 엄마와 아빠가 듣게 되길 바랐다. 나는 괜찮다고. 그러니 너무 슬퍼하지 말라고. 언제나 괜찮은 나를 보여주고 싶었다. 밤마다 우는 엄마를 아빠가 안아주다 다시 아빠까지 울게 되는, 그 마음 아픈 일을 그만 되풀이하라고 말하고 싶었다. 하지만 나는 말하지 못했다. 그렇게 말하다가 나도 울게 될 게 뻔하기 때문이었다. 나랑 엄마랑 아빠가 한꺼번에 울다니. 그런 건 상상하기도 싫다.

그런데 안개의 숲에 주저앉아 나는 소리 내어 울었다. 내가 우는 소리에 내가 더 슬퍼져서 더 크게 울었다.

"어디 갔어? 어디 간 건데? 왜 보이지 않는 건데?"

그때였다.

무언가 내 왼쪽 어깨에 내려앉았다. 고개를 돌리자 라스
가 한쪽 무릎을 세우고 내 옆에 앉아 있는 게 아닌가.

"지금 눈물 열차를 타면 최고 속도로 가겠는데?"

라스는 내 어깨에 올린 손을 내리며 말했다. 울음을 멈출
수 없었다.

'너 어떻게 웃을 수 있어. 내가 얼마나 찾았는데.'

울음을 참느라 호흡이 가빴다.

'뭐라고 말 좀 해봐. 어디 갔었는데?'

"내가 보이지 않아 제일 슬픈 이가 줄곧 나일 거라 생각

했는데 잘못 생각했던 것 같네."

라스의 말에 화가 치밀어 올랐다.

"어디 갔었냐고!"

벌떡 일어나며 라스에게 소릴 질렀다.

"여기 있었어."

라스는 날 올려다보며 차분하게 말했다.

"뭐?"

라스는 천천히 몸을 일으켜 세우며 내 앞에 섰다.

"잠깐이었지만 너에게도 내가 안 보였던 거야."

"거짓말하지 마. 나는 볼 수 있다며! 다 못 봐도 나는 예외라며!"

라스의 손을 덥석 쥐다가 흠칫 나도 모르게 뒤로 한 발 물러섰다.

"괜찮아?"

내가 묻고 싶은 걸 라스가 먼저 물었다.

"네 손이…… 너무 차가워. 괜찮은 거야? 뭐가 잘못 된 건지 설명 좀 해봐."

라스의 흰 손을 바라보자 그는 지그시 눈을 감았다.

'비밀이야.'

파르르 떨리는 라스의 속눈썹을 바라보며 라스의 생각을 들었다.

'처음 있는 일이었어. 누군가 나에게 그림자 전보를 치는 것도 나를 보는 것도. 그리고 내 생각을 읽는 것도.'

"나……, 다 들려. 네 비밀도."

라스는 눈을 뜨고 방긋 웃으며 말을 이었다.

"봐. 이러니 내가 어떻게 설명할 수가 있겠어. 이 세계에서 내가 만들어 낸 모든 것들이 네게는 먹히질 않아."

"그럼 어떻게 되는 건데?"

내 물음에 라스가 어깨를 으쓱 올리며 말했다.

"네가 설명해 봐."

라스의 눈을 가만히 올려다보자 아랫입술을 지그시 깨물며 물었다.

"…… 넌 도대체 누구니?"

'누군가의 손을 잡는 것도. 그리고 따뜻하다고 느낀 것도 네가 처음이었어.'

라스의 말과 라스의 생각이 차례로 들렸다. 내가 누구냐니, 한 번도 내가 누굴까 생각해 본 적이 없었다. 아무 생각도 나지 않았다.

"난……"

입을 떼자마자 라스를 쳐다보았다. 라스의 눈동자에 꽃마리가 잠깐 보였다 사라졌다.

"김영이야."

이름을 이야기하자 라스가 고개를 끄덕이며 물었다.

"또?"

또? 나는 망설였다. 이 얘길 해야 하나 말아야 하나 순간 멈칫했다. 그런데 라스라면 이해해 줄 것 같았다.

"하린인 나보고 못됐다고 했어."

"또?"

"내가 사는 세상에선 이제 난 아무것도 볼 수 없어."

라스는 내 눈앞에 손을 가져다 대고 낮게 말했다.

"또?"

"완전히 보이지 않게 된 건 어제부터였어. 그 전엔 자고 일어나면 오늘 아침이 어제 아침보다 조금씩 덜 보였는데."

라스의 긴 손가락 사이로 라스의 눈과 입술이 보였다. 눈을 감고 라스가 말하길 기다렸다.

"그래서?"

"난 아침에 깨어나도 바로 눈을 뜨지 않아. 눈을 감고 엄마가 문 밖에서 움직이는 소리를 들으면서 어제까지 나한테 있었던 일들이 모두……"

목이 메여 잠시 말을 멈췄다. 심호흡을 크게 하고는 천천히 말을 이었다.

"…… 악몽이길 바랬어."

"그랬구나."

그랬구나, 라는 라스의 말이 날 안심시켰다. 그랬구나, 그랬구나, 나는 라스의 말을 곱씹어 보았다.

"그렇게 눈을 감고 있으면 엄마가 방으로 들어와. 그럼 난 벌떡 일어나 앉아선……"

말을 멈췄다. 그러자 침대에 걸터앉은 나와 내 방문 손잡이를 잡고 선 엄마가 보였다. 그리고 내 목소리가 선명하게 들렸다.

'노크 좀 해!'

"노크 좀 해! 라고 엄마한테 심술 난 투로 말했지."

내 말에 걱정스런 얼굴로 나를 가만 바라보고 서 있는 엄마가 다시 눈앞에 선하게 보였다. 그리고 조심스럽게 엄마가 말했다.

'영이야……, 아직은 엄마가 보이는 거지?'

"그러면 엄만 나에게 되게 되게 미안해하며 물어. 아직은 엄마가 보이냐고."

대충 올려 묶은 엄마의 머리카락이, 엄마의 낡은 소매 끝이, 보풀이 일어난 엄마의 앞치마가 내 눈 안에 온전히 가득 찼다.

"그럼 내가 아주 못되게 말해."

'엄마! 그 질문 지겹지도 않아? 내가 안 보이면 어련히 안 보인다고 얘기하겠지.'

침대에 걸터앉아 있던 내가 문손잡이를 쥐고 있던 엄마의 손을 바라보며 아무렇지도 않게 말하는 모습. 그런 나를 바라보고 뭔가 말을 더 하려다 입술을 떨며 문을 닫는 엄마. 매일 아침 그렇게 문을 열고 또 닫았던 엄마의 모습을 이렇게 보게 될 줄은 몰랐다.

코끝이 시큰거렸다. 그리고 눈앞으로 교실에서 나오는 내가 보였다. 내가 지나가자 복도 중앙에 서 있던 남자아이들이 날 넘어뜨리려고 발을 내밀다 창일이를 보고는 다시 발을 거둬들였다.

"내가 화장실에 들어가면 복도에 서 있던 어떤 아이가 말해. 쟤 진짜 안 보이는 거 맞아? 라고……."

운동장 스탠드에 앉아 있는 내가 보이고 창일이가 던진 공에 얼굴이 정확하게 맞아 씩씩대는 남자아이가 보였다.

"내가 체육 시간에 운동장 벤치에 앉아 있으면 또 다른 아이가 말하지. 쟨 보이지도 않는데 뭣하러 학교에 나온대? 내가 문구점에서 여러 권의 공책을 두고 어떤 걸 살까 고민을 하면 처음 듣는 목소리가 말해. 쟤는 보이지도 않으면서 고르긴 뭘 골라?"

숨도 안 쉬고 말을 이어갔다. 라스는 천천히 손을 내리며 물었다.

"그럼 넌 어떻게 하는데?"

"난 그냥…… 말했어."

"어떻게?"

"화장실 들어가다 말고 다시 나와 크게 말했어. 너 지난번에 변기 물 안 내리고 나왔던데. 난 그런 건 이상하게 잘 보이더라."

라스가 풉, 하고 웃었다. 라스의 웃는 얼굴 위로 창일이의 웃는 얼굴이 겹쳐서 보였다.

"그리고 피구 공에 맞아 아웃당한 그 아이를 보면서 운동장 벤치에서 일어나 소리쳤어. 그 정도 공은 나도 피하겠다!"

라스는 나를 보더니 큭큭대며 웃었다. 그 모습 위로 창일이가 이를 드러내고 웃는 모습이 보였다.

"문구점에선?"

라스가 장난스러운 표정으로 나에게 물었다.

"남의 감정은 손톱만큼도 생각하지 않는데 감각적인 게 뭔지나 알겠어? 라고 대놓고 말했지."

"멋진데!"

라스의 말에 슬픔이 확 달아나게 큰 소리로 웃었다. 그 문구점 문 앞에 창일이가 서 있는 것이 보였다. 그랬구나. 내가 있는 곳에 너도 있었구나.

"누가 있었다는 거야?"

라스가 내 눈을 빤히 보며 물었다.

'너 담임 선생님께 또 말씀드렸다며? 영이랑 같은 반 해 달라고.'

하린이의 목소리였다. 문구점 앞 신호등에 서 있는 하린이가 보였다. 창일이는 하린이를 보지도 않고 고개만 끄덕였다. 창일이는 여전히 문구점 안에서 노트를 고르고 있는 나만 흘끔흘끔 보고 있었다.

'야! 서창일! 너 사람이 말하면 좀 쳐다보는 게 예의 아니야? 너 자꾸 나 무시하면 지금 바로 영이한테 가서 창일이가 학년 올라갈 때마다 담임한테 찾아가서 너랑 같은 반 해달라고 조른 거 알고나 있냐고 말해버린다.'

하린이 말에 창일이가 고개만 돌려선 바보같이 웃으며 말했다.

'넌 못해. 착해서.'

하린이 저 계집애 창일이 말에 뽀로통해져선 끝이 살짝 뒤집어진 교복 스커트를 탁 소리 나게 치고는 빨간불인데도 덤벙덤벙 건널목을 건너는 게 보였다.

그랬구나, 내가 모르는 곳에도 네가 있었구나. 넌 항상 그렇게 내 옆에 있었구나.

"대체 뭘 그렇게 보고 있는 건데? 대체 누가 있었다는 거야?"

라스의 질문에 고개를 가로저으며 "비밀이야."라고 말했다.

"이거 정말 별론데. 넌 내 비밀이 들리는데 난 네 비밀이 안 들리잖아. 이거 반칙이야."

라스는 심술 난 말투로 날 바라보았다.

"난 이제 완전히 보이질 않아. 단추 구멍만큼도."

라스는 내 손을 쥐며 말했다.

"아직 차가워?"

111

"아니."

그랬다. 얼음처럼 차가웠는데 지금은 따뜻했다.

"내가 누군지 말했으니 이제 설명해 봐. 왜 갑자기 네가 안 보였던 거고 손은 왜 갑자기 차가워진 건지."

라스가 쥔 손을 가만히 내려다보며 말을 이었다.

"그리고 난 그림자 전보 같은 건 칠 줄 몰라."

라스가 왼쪽 가슴에 달린 은빛 새 브로치에 손을 대자 둥글게 말린 작은 종이가 떨어졌다.

"어떻게 된 건지 나도 잘 모르겠지만."

라스는 종이를 펴서 내게 건넸다.

"노란 그림자 새였는데. 처음 본 거였어. 다시 말해 이 세상의 것은 아니었지."

라스의 목소리가 아득하게 들렸다. 종이를 읽어 내려가는 순간 몸이 빳빳하게 굳어졌다.

112

만약 내가

정말 완전히 아무것도 볼 수 없게 된다면

세상이 볼 수 없는 것

단 한 가지만 보게 해주세요.

너의 눈을 내 심장과 바꿀 수 있기를.

- 김영

그림자 전보에 적힌 첫 문장은 병원 앞뜰에서 꽃마리를 보았을 때, 혼자 떠올렸던 것이다.

그런데 마지막 문장은 내 것이 아니었다.

'너의 눈을 내 심장과 바꿀 수 있기를.'

이건 뭐지?

그때였다. 엄마의 목소리가 또렷하게 들렸다.

'소원? 영이 소원은 뭐야?'

라스는 내 표정을 찬찬히 살폈다.

'엄만, 그렇게 책을 많이 읽으면서 대화법도 몰라? 나한테 묻기 전에 엄마 소원부터 털어놔야지. 그래야 내가 입을 열 것 아니야.'

내 목소리도 들렸다. 그리고 이어지는 엄마의 웃음소리. 지금 내게 들리는 건 엄마와 내가 병원 앞에서 나눈 대화였다.

'만약 내가 정말 완전히 아무것도 볼 수 없게 된다면 말이야. 세상이 볼 수 없는 것 단 한 가지만 볼 수 있었음 좋겠어. 그래야 덜 억울할 것 같아.'

이 목소리는 내 생각이 분명했다.

"어떻게 된 건지 알겠어?"

라스는 내 어깨를 살짝 쥐며 물었다. 나는 고개를 가로저으며 목소리에 집중했다.

'엄마 소원은 우리 영이의 소원이 이루어지는 거야.'

눈을 감고 엄마 목소리를 한 번 더 떠올렸다.

'엄마 소원은/너의 눈을/우리 영이의/내 심장과/소원이⋯⋯.'

두 개의 문장이 섞여서 들렸다. 둘 중 하나는 엄마의 생각인 것 같은데.

한 번 더 마음을 모아 목소리를 들었다. 그러자 두 개의 소리가 천천히 분리되었다.

'우리 영이의 소원이 이루어지는 거야.'

'너의 눈을 내 심장과 바꿀 수 있기를.'

그림자 전보의 마지막 문장은 엄마의 생각이었다. 마음이 먹먹했다. 라스의 푸른 눈동자가 흔들렸다.

"이건 내가 보낸 게 아니야. 그리고 앞에 적혀 있는 건 내 생각이지만, 뒤에 적힌 건 내가 아니라고."

나는 쥐고 있던 종이를 힘없이 구겼다. 그리고 '비밀이야.' 라고 조용히 떠올렸다.

'엄마가. 비밀이야. 엄마가. 엄마가.'

라스가 천천히 안개의 숲을 둘러보자 나무들이 가슴에 달고 있던 등을 켰다. 보랏빛 등이 하나씩 켜지자 나무들은 하나씩 사라졌다.

"방금 좋은 소식 두 개와 안 좋은 소식 하나가 생겼는데. 어떤 거부터 얘기할까?"

갑자기 몸이 바들바들 떨렸다.

"추워?"

라스는 솜사탕 나무 가지에서 초록빛 솜사탕을 한 뭉치를 뜯어내 내 목에 감아주었다. 따뜻하고 달달했다.

"우선 여길 나가자."

라스의 손을 잡자 몸이 다시 떨리기 시작했다.

"아직 내 손이 차가운 거야?"

고개를 가로저었다. 라스가 내 손을 놓으려 하자 나는 더 꽉 쥐었다. 순식간에 안개의 숲은 사라지고 눈앞에 거대한 창고가 나타났다.

"여긴 어디야?"

라스를 따라 창고 안으로 들어가자 새콤한 레몬 냄새가 콧속으로 쑥 들어왔다. 칸칸이 올려진 구름 선반들이 끝을 알 수 없이 세워져 있었다. 내 눈높이 정도의 구름 선반 위에는 손톱만 한 빨간빛 하트가 올려져 있었고 그 위 구름 선반에는 야구공만 한 분홍빛 하트가 올려져 있었다. 쭈욱 훑어보니 창고 안에 있는 모든 구름 선반 위에는 크고 작은 다양한 빛깔의 하트가 올려져 있었다. 라스는 내 손을 다시 한 번 꼭 쥐고는 창고 안에 가득 찬 구름 선반들을 둘러보며 말했다.

"여기 있는 것들은……."

그때 창고 문이 열리더니 류가 걸어 들어왔다. 라스는 재빨리 내 손을 끌어 구름 선반 뒤에 숨었다.

'지금부터 말하지 말고 생각만 해. 류는 내 생각은 들을 수 없지만 네 생각은 들을 수 있으니 네가 생각할 땐, '비밀

이야'라고 시작하는 거 잊지 말고.'

'비밀이야. 왜 숨는 거야?'

구름 선반 사이로 류가 보였다. 류는 비어 있는 구름 선
반 위에 노란빛 하트를 올려놓고 창고를 나갔다.

"여기 있는 것들은 모두 심장이야."

"심장?"

라스는 고개를 끄덕이며 말을 이었다.

"내일 있을 시상식에 참여하게 되는 심장이지."

믿기지 않았다. 이게 전부 심장이라니. 수백 개. 아니 수
천 개쯤 될 것 같았다.

"이렇게 많은 심장을 대체 뭐하려고, 어디서 난 거야?"

"류들은 전 세계를 돌며 심장을 찾으러 다녀. 나한테 맞
는 심장을 찾기 위해서."

라스에게 심장이 없다는 걸 분명 들었는데도 잊고 있었

다.

"너한테 맞는 심장을? 찾으면 넌 어떻게 되는데?"

"그건. 나도 잘 모르겠어. 심장을 가져본 적이 없어서 말이야."

라스는 꼭 자신의 일이 아니라는 듯 무심히 말을 뱉었다.

"그럼 왜 류는?"

"류들은 내가 심장을 가지게 되면 나를 볼 수 있을 거라고 생각해. 내가 모습을 드러낼 것이라 믿고 있지. 그래서 류들은 자신들이 찾은 심장을 모두 여기에 보관해."

"그런데 방금 '류들'이라고 하지 않았어? 그럼 류가 하나가 아니란 말이야?"

라스는 바닥에 떨어진 하늘빛 하트를 선반 위에 올려두며 고개를 끄덕였다.

"며칠 전까지 172번째 류가 있다는 얘길 들었는데. 지금은 더 늘었는지도 모르지."

172번째 류? 소름이 끼쳤다.

"그럼 내가 만난 류는 같은 류인 거야?"

"그럴 수도 있고 아닐 수도 있어."

머리가 어지러웠다. 수천 개가 넘는 심장들과 172번째 류.

"내일이 시상식이라 류들이 더 분주해."

달뚜껑을 달라고 나에게 손을 내밀었던 류와 그림자 전
보에 손을 데어 팔짝팔짝 뛰던 류가 떠올랐다.

"심장의 주인이거나 심장의 친구이거나 심장을 가지고
있던 이들을 시상식에 초대하는 초대장은 1호 류가 관리
해. 1호 류가 다른 류들에게 초대장을 건네면 류들은 초대
장을 직접 들고 그들을 찾아가. 그리고 오지 않겠다는 이
들에겐 초대장만 건네거나 올 수 있는 이들은 데리고 오지.
너처럼 말이지."

1호 류?

그때였다. 창고 문이 열리더니 류가 회색빛 하트를 들고 들어왔다.

'비밀이야. 아까 왔던 류와 지금 들어온 류는 다른 애야?'

'아마도?'

류는 회색빛 하트를 비어 있는 구름 선반 위에 놓고 창고를 나갔다.

"너도 몰라?"

"비슷한 말을 안개의 숲에서 주고받은 것 같은데? 내가 만들었다고 다 내 마음대로 할 수 있는 건 아니야. 내 마음대로 할 수 없으니 다 알 수 있는 것도 아니고."

라스는 어깨를 으쓱 올리며 말했다.

"어떻게 몰라?"

"1호 류를 만든 건 나였지만 두 번째 류는 1호 류가 만들었거든."

"무슨 소리야?"

"날 볼 수 없으니 이 거대한 세계에 혼자 있다고 느껴졌겠지. 며칠을 아무것도 먹질 않고 꿈만 꾸고 있길래 내가 물었어."

라스는 내 호주머니에 있던 연두콩을 꺼내 내 왼쪽 귀에 넣었다. 그러자 희미하게 1호 류의 목소리가 들렸다.

'깨우지 마.'

'내가 어떻게 해줄까?'

라스의 목소리였다.

'라스, 넌 나에게 아무것도 해줄 수 없어.'

'뭐든 해줄게.'

'대체 날 왜 만들었어? 이렇게 혼자 둘 거면.'

1호 류의 목소리에는 원망이 가득했다.

'내가 있잖아.'

'넌 보이질 안잖아. 네 손을 잡고 소풍을 갈 수도 없고 너랑 꽃을 심을 수도 없고 너랑 달리기 시합을 할 수도 없어.'

울먹이는 1호 류의 목소리를 듣자 마음이 아렸다. 그리고 1호 류의 말을 들으며 어두워졌을 라스의 얼굴이 떠올라 더 마음이 아팠다.

라스를 바라보았다. 라스는 내 왼쪽 귀에서 연두콩을 빼내며 말했다.

"그래서 가지고 싶은 게 있으면 네잎클로버를 엮으면 된다고 알려줬어. 그런데, 1호 류가 가지고 싶은 게⋯⋯."

"자기랑 똑같이 생긴 류였던 거구나?"

라스는 알 수 없는 표정으로 고개를 끄덕였다.

"왜 그렇게 류가 많은지 이제 이해가 가네."

"내가 말했잖아. 내가 만들었다고 내 마음대로 할 수 있는 건 아니라고."

라스가 피식 웃으며 말했다.

"넌, 왜 널 더 만들지 않았는데?"

"날 만들어도 내가 만든 나를, 내가 볼 수 없으니."

라스가 참 외로웠겠구나, 라는 생각이 들었다. 그러자 라스가 말했다.

"그래서 세상에 없는 걸 자꾸 생각해 냈는데. 그런데 이상하게 새로운 게 생겨날수록 더 외로운 거 있지?"

"너에게 꼭 맞는 심장을 찾으면 모든 이들이 널 볼 수 있는 거야?"

라스의 외로움을 벗겨내려면 그 방법밖에 없는 것 같았다.

"다들 그렇게 믿으며 심장을 찾으러 다니니까. 그게 반복되니 나도 언젠가부터 그렇게 믿고 있지 않았나 싶어. 100

년을 넘게 산 개미의 심장. 뿌리가 없는 나무의 심장. 개구리의 오줌으로 가득 찬 우물의 심장도 있었어."

창고 안으로 흰 꽃비가 날렸다. 팔을 뻗어 손바닥 위에 떨어지는 꽃잎을 가만 쥐었다. 이렇게 아름다운 곳에서, 라는 생각이 들자 눈물이 핑 돌았다. 라스는 아무렇지도 않다는 듯 내 어깨 위에 내려앉은 꽃잎을 털어내며 말을 이었다.

"내 심장 때문에 시상식을 시작하게 됐는데 시간이 지나니 그것도 지겹네. 열심히 내 심장을 찾으러 다니는 류들에겐 미안한 말이지만 그만 끝내고 싶어."

"끝내다니? 시상식을 하지 않겠다는 말이야?"

라스는 바닥에 떨어져 있는 연둣빛 하트를 구름 선반 위에 올려두었다.

"비밀이야."

라스의 말에 불현듯 연두콩이 떠올랐다.

"대체 어떤 게 비밀이란 말인데?"

"어제 오후에 그림자 전보를 받았어. 처음엔 그림자 전보를 칠 수 있는 누군가 있다는 게 신기했어. 그래서 1호 류에게 알아보라고 했지."

라스는 잠시 생각에 잠기는 듯하더니 구름 선반 옆으로 난 포도 계단을 밟고 꼭대기까지 올라갔다.

"내가 좋은 소식 두 가지와 안 좋은 소식 한 가지를 알아냈다고 한 거 기억나?"

라스는 꼭대기 층 난간에서 몸을 기울이며 외쳤다.

"간절히 바라면 이루어진다는 말. 믿어?"

라스의 품에 든 자둣빛 하트를 보며 나는 대답을 망설였다.

"내가 받았던 그림자 전보. 간절한 마음으로 내게 온 것 같아."

라스의 말을 알아들을 수 없었다.

"그러니까 말이지. 너와 네 어머니의 간절한 바람이 내게 그림자 전보를 친 거지."

"그럼 그림자 전보는 꽃마리가 보낸 거야?"

라스는 어깨를 으쓱 올리더니 알 수 없는 표정으로 나를 내려다보았다.

"천사를 본 적 있어?"

"천사?"

뜬금없이 천사를 본 적이 있냐는 라스를 빤히 올려다보았다.

"내가 처음 눈을 떴을 때 내 눈앞에 그가 있었어."

나는 라스가 말한 '그'가 상상이 되질 않았다.

"크고 환한 날개를 달고 있었는데……."

라스 등 뒤로 눈부신 날개가 잠깐 보였다 사라졌다.

"나를 가만 안더니 그가 말했어."

라스는 계단에서 내려와 쥐고 있던 연두콩을 내 왼쪽 귀에 넣었다. 그러자 라스가 말한 '그'의 목소리가 내 가슴 속으로 걸어 들어왔다.

'널 여기 두어서 미안해. 하지만 내가 해줄 수 있는 일은 이게 전부구나.'

그의 목소리는 머리부터 발끝까지 한 번에 나를 꼬옥 안아주는 것 같았다.

'누구죠? 왜죠? 왜 저를 이곳에 혼자 두는 거죠?'

'그건 나도 잘 몰라. 누군가의 간절한 마음이 날 불렀고 널 이곳에 두는 것이란다.'

흐느끼는 소리가 들렸다. 그런데 이 소리가 라스의 지나간 기억에서 나는 건지 지금 라스의 가슴에서 흘러나오는 건지 분간할 수 없었다. 라스의 눈에 떠오르는 눈물섬. 누구도 가보지 못한 그 섬. 나는 라스를 가만히 안아주었다.

"천사가 아니었을까, 그는?"

천사를 본 적은 없지만 아마 라스를 닮지 않았을까. 라스는 힘없이 웃었다. 그리고 날 조심스레 떼어내며 말을 이었다.

"너에게도 천사가 다녀간 것 같아. 천사가 보낸 그림자 전보를 내가 받은 거고. 그리고 내가 알게 된 좋은 소식 한 가지."

라스는 자둣빛 하트를 내게 내밀었다.

"이 심장이 네 어머니 심장이라는 거."

숨을 제대로 쉴 수 없었다. 엄마의 심장이라고? 엄마의?

"그리고 내가 알게 된 좋은 소식 한 가지 더는, 네가 돌아가야 할 시간을 내가 딱 맞췄다는 거야."

그때였다. 눈물 열차가 우리 앞으로 미끄러지듯 섰다.

"집으로 돌아가."

엄마의 심장을 들고 라스를 바라보았다. 라스의 눈 안에서 차오르는 투명한 눈물이, 투명한 물고기가 되어 눈물 열차 쪽으로 내 소매를 끌었다. 겨우 입을 열었다.

"다시. 오고 싶으면. 어떻게 하면 돼?"

눈물 열차가 나를 물컹 삼켰다. 나는 라스를 바라보며 외쳤다.

"안 보이는 거 끔찍해. 무서워. 죽을 만큼 무섭다고. 그런데 엄마가…… 엄마는"

내 말에 라스는 슬프게 웃으며 고개를 끄덕였다. 슬픔이 가슴에 가득 차오르는데 눈물이 나질 않았다.

"네 눈물은 지금부터 내 안에서만 흐를 거야."

라스의 말이 끝나자 수백 마리의 투명한 물고기들이 눈

물 열차 안으로 들어왔다.

'비밀이야.'

나는 눈을 감았다.

'보고 싶을 거야, 라스.'

그때, 라스의 목소리가 들렸다.

'비밀이야.'

눈물 열차가 서서히 움직이기 시작했다. 라스는 눈물 열차가 떠나는 모습을 가만히 바라보고 있었다.

'내가 더 보고 싶을 거야.'

엄마의 심장을 들고 눈물 열차 끝 칸으로 뛰었다.

"안 좋은 소식은! 안 좋은 소식이 뭔데!"

라스를 향해 소리쳤다. 눈물 열차가 점차 빨라졌다.

"널 보내야 한다는 거."

라스의 목소리가 희미하게 들렸다. 눈물 열차 마지막 칸에 서서 라스의 작아지는 모습을 보았다.

네잎클로버

● ● ● ● ● ● ● ● ● ● ● ● ● ● ●

66

내가 안 보이는 것보다 엄마가 없다는 게 더 무서워.

99

모과 향기가 났다. 눈앞에서 꽃마리의 하늘색 꽃잎 한 장
이 떨어졌다.

　"보통 완전히 시력을 잃게 되면 눈동자가 빛에 움직이지
않죠. 하지만, 영이는 다릅니다. 최면의 단계마다 눈동자가
빛에 반응했어요. 검사를 다시 해보는 게 어떨까요?"

　선생님의 목소리였다. 꽃잎 한 장이 다시 팔락팔락대며
날아갈 듯 흔들렸다.

　"가능성이…… 있을까요?"

　아빠 목소리가 떨렸다. 그때 하늘색 꽃잎 한 장이 힘없이
떨어졌다.

　"내일 서울에서 세계안과전문학회가 열립니다. 이번 주제
가 희귀 질환으로 시력을 잃게 된 사례와 치료술이죠. 미국
에 있는 휴델런 안과전문병원이라고 들어보셨죠?"

　누군가 내 손목을 쥐었다. 엄마다. 이제 남은 꽃마리 꽃

135

잎은 네 장.

"네. 매체에서 몇 번 본 적이 있어요. 세계적인 안과병원이라고."

"이번 주제 발표를 휴델런에서 합니다. 제 친구가 지금 휴델런에 근무하고 있는데 어제 학회 참석차 귀국했다고 연락이 왔거든요. 지금 전화를 해보죠."

선생님의 말에 엄마가 울음을 터뜨렸다. 문을 열고 나가는 소리가 들렸다. 다시 하늘색 꽃잎 한 장이 스르륵 떨어져선 사라져 버렸다.

"울지 마, 엄마."

"깼구나?"

아빠의 목소리도 젖어 있었다. 꽃잎 세 장이 아슬아슬하게 붙어 있었다.

"난 운이 좋은 아이야, 그렇지 아빠?"

"그럼. 그럼."

아빠가 내 손을 쥐며 말했다.

"손에 쥔 건 뭐야?"

엄마의 말에 나는 오른손을 천천히 펼쳤다.

"사탕 같은데?"

"어떻게 생겼어요?"

"쬐그만 하트 모양 사탕이네."

"엄마 선물."

나는 엄마의 얼굴을 더듬거리며 찾았다.

"왜. 뭘 찾아?"

엄마는 내 손을 잡았다.

"엄마, 아~ 해봐."

"어?"

"어서. 내 옆으로 가까이 와서 아~ 해보라고."

엄마는 내 옆으로 바짝 붙어 앉았다. 엄마의 손을, 엄마의 팔을, 엄마의 어깨를, 엄마의 목을 더듬거리며 올라가 엄마의 뺨을 만졌다. 엄마 냄새가 코끝을 찡하게 만들었다. 엄마의 입술을, 엄마의 입을, 그렇게 찾았다. 남은 꽃잎 세 장 중에 가장 작은 꽃잎 한 장이 떨어졌다.

"이거 먹어, 엄마. 난 말야. 엄마가 없으면 안 돼……. 내가 안 보이는 것보다 엄마가 없다는 게 더 무서워."

라스가 준 자줏빛 하트를 엄마의 입 안에 넣었다.

"달다, 영이야. 엄만 언제나 영이 옆에 있어. 그러니 걱정 마. 엄마 씩씩하잖아."

엄마 목소리가 단단하게 들려서 참 좋았다. 그때였다. 꽃잎 한 장이 휘리릭 날아가 버렸다.

이제 남은 꽃마리의 꽃잎은 한 장.

"휴델런의 킨스 박사님이 부모님과 영이를 보고 싶다고

138

합니다."

선생님의 말에 엄마와 아빠가 동시에 나를 껴안았다. 남은 한 장의 꽃잎을 가만히 바라보았다.

'내 목소리가 들리면, 라스. 저 꽃잎 한 장은 그대로 두면 안 될까?'

검사는 두 시간 정도 진행되었다.

아빠 말로는 킨스 박사님이 우리가 다니는 동성대병원에 양해를 구해 검사 전 과정을 함께하게 되었다고 했다. 매번 진행되던 검사와 크게 다를 게 없었지만 혹시 남은 꽃잎이 떨어지지 않을까 하는 마음에 다른 어느 때 보다 불안했다.

아직, 아직은 하고 싶은 말이 남았다. 작별 인사도 못 했다. 돌아갈 수 있는 열쇠를 하나쯤 남겨두고 싶었다.

검사 결과를 기다리는 동안, 엄마와 난 병원 앞 화단으로 갔다.

"뭐야, 엄마?"

내 왼손에 여리고 작은 것들이 만져졌다.

"이게 뭔데?"

내 물음에 엄마는 낮게 웃었다. 엄마가 저렇게 웃는 건, 기분 좋은 일이 있는 것이다.

"네잎클로버. 그런데 여기 이렇게 한 움큼이 모두, 잎이 네 장이네. 진짜 네잎클로버야, 영이야."

엄마는 내 왼손바닥에 네잎클로버를 닿게 했다.

"라스……."

"뭐?"

"아니."

뭐라 더 말하고 싶었지만 고개만 설레설레 내저었다. 분명 이 네잎클로버를 엮어서 만들고 싶은 게 생길 것 같았다.

"엄마, 나 네잎클로버 좀 뜯어주면 안 돼?"

엄마가 병원 화단에 있는 네잎클로버를 뜯는 동안 나는 눈앞에 한 장 남은 꽃마리를 바라보았다.

"영이 엄마, 영이 결과 나왔대. 어서 들어가자."

아빠가 내 팔을 쥐었다. 나는 일어나 아빠의 팔을 잡았다.

"엄마 다 뜯었어?"

"그래. 이 정도면 우리 영이 맘에 들까?"

엄마는 내 손바닥에 네잎클로버 한 움큼을 올려주었다. 나는 주머니에 손을 넣어 작고 보들보들한 잎들을 살살 엮으며 생각했다.

'널 한 번만 더 볼 수 있었으면 좋겠어.'

"가능성이 있습니다. 어려운 수술이고 위험하지만, 지금이 아니면 수술 시기를 놓칠 수 있습니다. 그러니⋯⋯."

휴델런에서 오셨다는 의사 선생님의 말은 이어졌지만 나는 들리지 않았다. 의사 선생님께 인사를 하고 나오는 동안에도 아빠의 팔을 잡고 병원을 나오는 동안에도 차에 타 집으로 오는 동안에도 라스가 했던 말이 떠올라 마음이 걷잡을 수 없이 복잡했다.

'내 심장 때문에 시상식을 시작하게 됐는데 시간이 지나니 그것도 지겹네. 열심히 내 심장을 찾으러 다니는 류들에겐 미안한 말이지만 그만 끝내고 싶어.'

끝내고 싶다니. 대체 무슨 말일까.

"영이야."

아빠 목소리였다.

"무슨 생각을 그렇게 하니?"

"별거 아니야. 그런데 아빠…… 영원한 게 있을까?"

아빠 팔에 뺨을 대고 물었다.

"영원한 거?"

그때 차가 심하게 흔들렸다. 남은 꽃잎 한 장이 위태롭게 흔들렸다.

"뒤에 둘 다 괜찮아? 엄마가 방지턱을 못 봤어."

고개를 끄덕이며 아빠에게 다시 물었다.

"응. 왜 모든 게 다 사라지거나 변하잖아. 영원한 게 과연 있을까?"

한 장 남은 꽃마리의 꽃잎을 바라보았다.

"글쎄……. 영이가 수술한다고 생각하니 마음이 심란한 모양이구나."

아빠는 내 머리를 쓰다듬으며 말을 이었다.

"어렵고 힘든 수술이지만 아빠는 의사 선생님을 믿어."

'널 한 번만 더 볼 수 있었으면 좋겠어.'

그때 엄마 휴대전화 벨소리가 들렸다.

"그래, 창일아. 그래. 수술하면 가능성이 있다고……. 그래. 기쁘지. 기뻐. 그래. 모레 수술……."

엄마의 목소리가 아득하게 들렸다. 손을 뻗어 창문을 조금 열었다. 봄이 다가오는 냄새가 바람을 타고 차 안으로 들어왔다.

"…… 아빠, 나…… 수술 좀 미루면 안 될까?"

집으로 오는 동안 아빠와 엄마는 아무 말씀도 하지 않으셨다. 다만 내가 방문을 닫자 두 분이 다투는 소리가 방 안으로 희미하게 들어왔다. 엄마와 아빠가 이 집에서 목소리를 높여가며 다툰 것은 오늘이 처음이었다. 그리고 한 시간쯤 지났을까, 방문이 열리고 누군가 들어왔다.

"수술 안 한다고 했다며?"

창일이었다.

"누가 안 한대? 조금 미루자고 했을 뿐이야."

"시간이 더 지나면 수술도 안 된다고 하잖아!"

창일이의 목소리가 높아졌다.

"왜 네가 난린데? 정작 수술은 내가 해."

"대체 왜 싫은 건데!"

창일이의 목소리가 내 앞에서 이렇게 컸던 건 처음이다.

"수술하면 볼 수 있다잖아."

"100%는 아니잖아."

"무서워? 힘든 수술이라니까 걱정돼서 그래?"

"넌 몰라."

"뭘?"

"수술하면……."

나는 더 이상 이야기하고 싶지 않았다.

"수술하면 뭐? 수술하면 뭐 어쩐다고?"

창일이는 내 어깨를 쥐었다.

"넌 말해도 몰라. 날 믿지 않잖아."

"넌 아직 날 그렇게 몰라? 내가 널 안 믿을 거라고?"

창일이의 물음에 마음이 아팠다. 항상 내 근처에서 날 지켜봐 주었던 아이다. 내가 잘 보이지 않게 된 이후에도 학교를 계속 다닐 수 있었던 건 바로 창일이가 있었기 때문이다. 알고 있다, 나도. 알기에 미안하고 또 화도 난다.

"믿을 테니 말해봐. 믿을 거라고!"

"수술하면, 꽃마리가 사라질 거야."

창일이 손에 힘이 풀렸다.

"너 그거 지우고 싶어 했잖아. 사라졌으면 좋겠다고 말했잖아."

창일이 말에 아무 대꾸도 못하고 눈앞에 한 장 남은 꽃

146

마리 꽃잎만 보았다.

"넌 네 어머니 아버지보다 꽃마리가 더 중요한 거야? 넌, 넌, 내 얼굴 평생 못 봐도 된다는 거야?"

다리에 힘이 풀렸다. 그대로 바닥에 주저앉자 창일이가 말을 이었다.

"난 다섯 살 때부터 지금까지 네가 말한 건 그게 뭐든 다 믿었어. 네가 말한 건, 네가 행동하는 건 다 믿었어. 근데."

수술할 수 있다는 말, 수술해 보자는 말. 그렇게 듣고 싶은 말이었는데. 그걸 알면서도 자꾸 마음이 주저했다.

"난 내가 볼 수 있는 걸 너도 볼 수 있었음 좋겠어."

'라스…….'

그때였다. 눈앞에 한 장 남은 꽃마리 꽃잎이 시계 방향으로 돌아가더니 다시 반시계방향으로 두 바퀴 돌아갔다. 그리고는 가장자리에 박힌 노란 달이 삐걱대는 소리를 내며 옆으로 열렸다.

"가면 간다 오면 온다 말 좀 해주면 안 돼?"

류가 화난 얼굴로 나를 내려다보고 있었다. 옆을 보자 창일이는 내게 등을 보이고 서 있었다. 창일이의 등이 작게 떨렸다. 그의 등을 가만히 쓸어주고 싶었다.

"여긴 왜 이렇게 심각한 거니?"

"넌 몇 번째 류야?"

류는 흰 귀를 더 쫑긋 세우더니 말했다.

"라스가 너한테 그런 얘기도 해?"

류를 올려다보았다.

"이제 더 이상 놀랍지도 않네. 난 1호야. 라스가 젤 처음 만든."

류는 노란 달 아래로 팔을 내려 팔꿈치를 보여주었다.

라스 보물 1호

"네가 믿을지 모르겠지만 처음에도 나였고 두 번째도 나였고 지금도 나야! 이젠 눈 감고도 널 찾겠다."

1호 류는 고개를 내저으며 은빛 줄사다리를 내렸다.

"가자, 시간 없어."

"…… 못 가, 나. 지금 가면 다시 돌아올 자신이 없어."

나는 내 앞에서 등을 보이며 울음소리를 참아내는 창일이의 어깨에 손을 올리려다 그만 두었다.

"라스가 죽었는데도?"

갑자기 1호 류 옆에 1호 류와 똑같이 생긴 류가 머리만 쏙 내밀고 말을 뱉었다.

"쟤 표정 좀 봐. 라스랑 그 사이에 무슨 일이 있었던 거야.

안 그럼 저런 표정 나올 수 있겠어? 안 그래, 류?"

1호 류 옆에 새로운 류가 느닷없이 나타난 것이다.

"너 분명 가만히 있겠다고 해서 따라오는 거 허락한 거야."

"넌 내가 뭔 말만 하면! 데리고 가려면 이 정도 얘기는 꺼내야 될 것 아니야."

"좀 빠져 있어! 널 데리고 온 내가……."

"내가? 내가 뭐? 내가 뭐! 네가 이렇게 만들었잖아. 지가 만들어 놓고선 맨날 나보고 뭐라 그래!"

정말 둘이 똑같았다. 그런데 그런 생각을 하는 것도 잠시, 라스가 죽었다니…… 온몸의 피가 머리끝으로 치솟는 기분이었다.

"잠시만, 무슨 말이야, 라스가 왜?"

"일단 가자. 가면서 얘기해."

1호 류가 말하자 옆에 있던 류가 은빛 줄사다리를 흔들었다.

네가 보여서 좋았고
네가 보이지 않아서 그리웠어

● ● ● ● ● ● ● ● ● ● ● ● ● ●

"

나의 눈과 너의 심장이 하나 되길. 그리하여 어느 곳에서든

우리의 마음이 한 곳을 바라보길.

"

이제 눈물 열차를 타도 눈물이 나질 않았다.

라스의 말대로 내 눈물은 라스 안에서만 흐르는지 슬픔이 목구멍까지 차올라도 눈물은 나질 않았다.

"날 제일 처음 만든 라스가 두 번째로 만든 게 뭔 줄 알아?"

1호 류의 물음에 나는 고개를 가로저었다.

"칫! 정작 중요한 얘긴 안했나 보네."

1호 류 옆에 앉아 고개를 뒤로 젖히고 눈물을 내보내고 있던 류가 빈정대며 말했다.

"넌 좀 빠져."

1호 류가 단호하게 말하자 옆에 앉아 있던 류가 입을 삐죽댔다. 그러고 보니 둘이 똑같이 생겼다고 생각했었는데 눈동자 빛깔이 달랐다. 라스가 만든 류가 하늘색 눈동자라면 류가 만든 두 번째 류는 귤색 눈동자를 가지고 있었다.

"알았어. 알았다고. 난 그냥 눈물이나 빼고 있을게. 됐지? 몸에서 이렇게 물을 빼다간 뼈만 남겠네. 내가 두 번 다시 눈물 열차 타나봐라."

귤색 눈 류의 말에 1호 류는 고개를 절레절레 내저으며 말했다.

"대체 내가 무슨 정신으로 쟬 만든 건지."

"뭐? 너 다시 말해봐. 뭐라고? 너 정말 정말⋯⋯."

귤색 눈 류는 옆에 앉아 있는 류를 바라보며 서럽게 울기 시작했다. 귤색 눈물방울이 점점 부풀어 오르자 눈물 열차가 귤빛 입김을 뿜으며 빠른 속도로 달리기 시작했다.

"그만 좀 울어. 내가 뭐 이렇게 말하는 게 한두 번이야."

귤색 눈 류는 1호 류의 말을 들을 겨를도 없이 눈물을 쏟아냈다.

"미안하다고. 뚝! 뚝!"

1호 류가 귤색 눈 류의 얼굴에 매달려 있는 눈물을 톡톡 털어내고는 어깨를 감쌌다. 귤색 눈 류가 코를 훌쩍거리며 눈물을 털어냈다. 눈물 열차의 속도가 느려졌다.

둘을 보고 있으니 라스가 참 외로웠겠구나, 라는 생각이 불쑥 들었다.

"1호 류가 맨날 나한테 못되게 구니까…… 내가 너무 외로워서…… 나도 류를 만들었는데……."

귤색 눈 류가 나를 보고 말을 이었다.

"내가 만든 류 때문에 속상해 죽겠어. 날 만든 1호 류는 날 외롭게 하고 내가 만든 류는 날 힘들게 하고……."

귤색 눈 류는 눈물에 흠뻑 젖은 분홍색 꽃잎을 꾹 쥐어 짜고는 계속 말했다.

"그러니까 내 말은, 라스만 외로웠던 건 아니란 말이야. 난 요즘 숨만 쉬어도 외로워. 류, 넌 안 외로워?"

귤색 눈 류는 1호 류를 바라보며 물었다.

"외롭지."

"봐. 얘도 외롭다잖아. 잠깐, 뭐? 외로워? 외롭다고? 네가 뭐가 외로워! 내가 있는데 네가 외로울 게 뭐가 있어!"

픔, 하고 웃음이 나왔다.

"눈물 열차 안에서 웃는 앤 쟤가 처음이다, 그치?"

1호 류의 말에 귤색 눈 류가 고개를 끄덕이며 미소 지었다. 그 미소를 보고 1호 류도 웃었다.

"이제 말 좀 해줘. 라스가 두 번째로 만든 게 뭐야?"

"먹으면 죽는 거. 귀에 넣어야 되는 거!"

귤색 눈 류가 곁에 앉은 1호 류의 팔짱을 끼며 중얼거렸다.

"라스가 연두콩을 먹은 거야?"

"먹은 건 아니고……."

1호 류가 말하자 귤색 눈 류가 코를 팽 풀며 말을 이었다.

"심장이 들어가야 할 자리에 넣었어. 그게 무슨 조각 퍼즐이야? 아무 데나 끼우고!"

"그래서? 어떻게 됐어?"

"그렇게 걱정됐으면 심장을 가지고 가질 말았어야지."

귤색 눈 류는 자신이 뱉은 말에 화들짝 놀라더니 1호 류의 눈치를 보았다. 1호 류는 아랫입술을 질끈 씹으며 귤색 눈 류를 바라보았다.

"심장?"

"그래. 네가 가지고 간 라스의 심장."

1호 류의 차분한 말에 나는 고개를 가로저었다.

'그건 우리 엄마 거야. 우리 엄마 심장이었다고. 엄마 심장을 라스에게 줄 순 없었어.'

"그건 라스가 돌려준 거야."

내 생각을 들었을까 봐 1호 류에게 큰 소리로 말했다.

"돌려줘? 네가 뭘 안다고 돌려받아? 그걸 가지고 오려고 약속된 게 뭔지 알기나 해?"

"약속?"

"봐봐. 봐. 내 말이 맞지? 쟨 암 것도 모른다니까. 라스가 완전……."

그때 1호 류가 귤색 눈 류의 말을 가로막으며 말했다.

"라스가 눈에 보였어."

"라스가? 보였다니! 너한테?"

"나뿐 아니라 시상식에 모인 이 세계의 모든 것들에게 라스가 보였어. 신발부터 바다색 바지며 팔과 손가락 그리고 얼굴과 머리카락까지 다 보였어."

1호 류를 빤히 쳐다보았다.

"그런데 보이자마자 죽었네? 내 참."

귤색 눈 류가 고개를 도리도리 저으며 툭 끼어들었다.

"죽어?"

1호 류는 "그 입 쫌 입 쫌 어떻게……."라며 귤색 눈 류를 사납게 흘겨보았다.

"깨어나질 않잖아. 숨도 쉬질 않고. 그러니 죽었다고 난리지."

모두가 라스의 모습을 그렇게 보고 싶어 했는데, 보이지 않을 때는 살아 있더니 보이게 되자 깨어나질 않는다니.

"라스가 죽었을 리 없어."

갑자기 눈물 열차가 나를 툭하고 허공으로 뱉어냈다. 나는 깊이를 알 수 없는 바닥으로 떨어졌다. 고개를 들어 보니, 벽돌들이 계단처럼 쌓여 있었다. 떨어지는 내내 계단 위에 계단, 계단 아래 계단, 계단 옆에 또 계단들이 난간도 없고 기둥도 없이 올라가는 곳도 내려가는 곳도 없이 사방으로 던져진 것 같았다. 그런데 이곳 어딘가에 꼭 라스가 있을 것만 같았다. 손을 뻗었다. 계단 하나가 물컹 잡혔다.

"소문을 잠재울 수가 없어."

내 앞으로 쏜살같이 다가온 눈물 열차에서 머리만 내밀고 1호 류가 말했다.

"소문?"

계단 위로 겨우 몸을 끌어올리며 물었다.

"라스가 죽었다는 소문! 다들 난리도 아니야. 조용하던 세계가 완전 엉망진창이 돼버렸어. 니 탓이다, 니 탓이다! 서로 싸우고 비난하고. 어우, 정신 사나워."

귤색 눈의 류가 손을 내저으며 말했다.

'우리 집도 나 때문에 엄마 아빠가 다투셨는데, 창일이도……'

"암튼 속 썩이는 거 보니 둘이 똑 닮았네!"

울음소리가 새어 나가는 것을 막으려고 자신의 입을 손으로 꽉 막고 서 있던 창일이가 떠올랐다. 그러자 귤색 눈 류는 빨갛게 된 코를 만지작거리며 말을 이었다.

"그러니까 내 말은, 너라면 라스를 되돌려 놓을 수도 있을 것 같단 말이지."

"너흰 라스가 죽었다고 생각해?"

귤색 눈 류는 눈물을 툴툴 털고는 빙그레 웃으며 말했다.

"아니, 우리 둘 다 라스를 믿어. 우릴 놔두고 그렇게 가버릴 리 없잖아?"

귤색 눈 류는 1호 류를 바라보았다. 그러자 1호 류의 눈물이 방울방울 거북이 방울이 되어 눈물 열차 창밖으로 헤엄쳐 나왔다.

"난 라스가 살아 있든 살아 있지 않든, 보이든 보이지 않든 상관없어."

내가 1호 류를 빤히 바라보자 거북이 방울들이 내 팔과 다리 사이를 오르내렸다.

"라스는 그냥, 라스니까."

"그 약속이라는 게 뭔지 가르쳐 줘."

중심을 겨우 잡고 1호 류에게 물었다.

"우린 심장을 그냥 가지고 오질 않아. 심장을 가지고 올 때는 심장의 소원을 들어주기로 약속해. 네가 가지고 간 심장의 소원이 뭔지 잘 모르겠지만 그걸 라스는 분명히 지켜. 그런데 그 약속이 깨지게 되면 라스가 모든 걸 책임져야 해."

"…… 라스의 잘못이 아닌데도?"

"그러니까 그게 쫌 합리적이지 못해. 그치?"

귤색 눈 류가 1호 류를 바라보며 물었다.

"라스 말 잊었어? 심장을 내놓는 이들에게 보여줄 수 있는 최소한의 마음이라고."

1호 류는 눈을 흘기며 귤색 눈 류를 바라보았다.

"약속이 깨진 적이 있었어?"

"이번이 처음이야."

귤색 눈 류의 말에 마음이 아팠다.

"라스는 어떻게 책임을 진다는 거야?"

"지금까지로 봐선 라스가 죽는 거?"

귤색 눈 류가 툭 끼어들어 말했다.

"라스가 죽었다고 생각 안 한다면서 넌 대체 무슨 애가 금방 지가 했던 말도 책임지지 못하니?"

"내가 틀린 말 했어? 약속 깬 건 쟤가 처음이잖아. 그러니까 객관적으로 봐선 라스가 죽은 거 말고 달라진 게 뭐가 있어."

"다 내 잘못이야."

어디서부터 잘못된 걸까. 꽃마리에게 소원을 말했던 거? 류를 따라 처음 이곳에 왔던 거?

"복잡하게 생각 말고 잘못 인정하면 네가 라스 돌려놔."

귤색 눈 류는 손사래를 치며 말했다. 눈물 열차가 천천히 움직이기 시작했다.

"부탁할게. 너라면 모든 걸 제자리로 돌려놓을 수 있을 것 같아. 우린 시상식 뒷정리 때문에 얼른 가봐야 해."

"우리 놀러가는 거 아니었어? 청소하러 가는 거야?"

1호 류의 말에 귤색 눈 류가 바둥바둥 떼를 썼다.

"너 정신이 있어, 없어? 지금이 어느 땐데 놀러가는……."

"아니 놀러가는 것도 때가 있어? 언제가 그땐데? 대체 너랑은 언제 연애하냐고……."

귤색 눈 류와 1호 류가 알콩달콩 주고받는 사이, 둘을 태운 눈물 열차가 빠르게 사라졌다.

164

나는 계단을 밟고 섰다. 발아래가 물컹했다. 몸이 순간 흔들렸다. 그 위에 놓인 계단을 밟았다. 몸이 오소소 떨렸다. 그 옆에 놓인 계단을 밟았다. 슬픔이 와락 몰려들었다. 그 아래 계단을 밟았다. 화가 났다. 계단을 밟을 때마다 감정이 수시로 변했다. 다시 그 옆의 계단을 밟았다. 두려움이 스멀스멀 몰려왔다. 감정이 바뀌는 계단을 밟고 오르고 또 내리며 라스를 불렀다.

조급한 마음이 드는 계단 위에선 영원히 라스를 보지 못하는 게 아닌가, 라는 생각이 들고 희망이 생기는 계단에선 라스가 금방이라도 내 앞에 나타날 것 같았다. 어떤 계단에 오르면 라스가 막 미웠고 또 어떤 계단에 내려서선 라스에게 미안한 마음이 들었다.

그렇게 밟고 오르고 내리고 또 오르고 내리고 옆으로 옆으로 가고 또 가도 라스는 보이질 않았다.

"왜 안 보이는 거야. 어디 있는 건데."

정말 죽은 거야? 그런 거니? 심장이 아파왔다.

'다른 애들은 보인다고 난리던데 너한텐 안 보이는 거야? 이러니 내가 널 알 수 없단 거지.'

라스의 목소리였다. 아니 라스의 생각이었다. 두리번거리다 말랑한 계단을 밟았다. 제일 위에 있던 계단부터 아래로 쏟아져 내렸다. 그러더니 내가 선 계단도 아래로 떨어졌다. 그런데 나는 그 자리에 그대로 떠 있었다. 스스로 떠 있는 게 아니라 누군가 내 몸을 통째로 안고 있는 것 같았다.

"어디 있어? 어디?"

주위를 둘러보았다. 검은 유리구슬처럼 사방이 반들거릴 뿐 라스는 어디에도 보이질 않았다.

'아주 가까운 데.'

"어디? 어딘데? 가까이 와."

'코앞인데 더 가까이 오라고?'

얼굴이 화끈 달아올랐다.

'너한테 보이지 않는 것도 그다지 나쁘진 않은데?'

"다른 애들은 네가 보인다던데 왜 나만……. 왜 나한텐 안 보이는 건데? 아니 그것보다 왜 다들 널 죽었다고 하는 거야?"

'쉿!'

따뜻한 바람이 온몸을 감쌌다.

'조금만, 조금만 이러고 조용히 있자.'

"뭐……얼?"

귀까지 뜨끈뜨끈해졌다.

'이거 한 번 해보고 싶었거든.'

"대체 뭘?"

'눈 감아봐.'

눈을 감았다. 동그란 물방울 안에 내가 있었다. 물방울 밖에 떠 있던 라스가 물방울 안으로 긴 빨대를 꽂더니 빙긋 웃었다.

"이젠 보이는가 보네."

빨대 끝을 입에 물고 라스는 입김을 불어넣었다. 그러자 작은 꽃이 빨대 끝에서 피어났다. 다시 라스가 입김을 불어넣자 꽃이 똑 떨어져 물방울 안을 떠다녔다. 그리고 입김을 다시 불어넣자 또 작은 꽃이 피어올랐다. 라스가 입김을 불 때마다 작은 꽃들이 피어나면서 물방울 안은 꽃송이들로 조금씩 차올랐다.

"눈을 감으니까 네가 보여."

라스가 물방울 안으로 손을 넣었다.

"난 아직도 이 모든 게 꿈인 것 같아."

나는 라스의 손을 향해 물방울 표면으로 가까이 갔다.

"설명할 수 없으면 다 꿈일까?"

라스는 피아노 건반을 두드리듯 내 손바닥에서 손가락 연주를 시작했다. 8분 음표들이 손바닥 위로 떠올랐다.

"이해할 수 없는 일들이 계속해서 일어나면 꿈이라고 생각할 수밖에 없어."

내 주위를 떠다니던 8분 음표들이 꼬리를 흔들며 슬픈 노래를 불렀다.

"의심하지 마. 넌 분명히 알아."

라스가 핑거스냅을 하자 8분 음표들이 두세 개씩 겹쳐져 경쾌한 노래를 불렀다.

"그래. 알아, 이건 꿈이 아니야."

라스는 허공을 짚으며 한 바퀴 빙글 돌았다. 물방울도 나와 함께 라스와 함께 빙글 돌았다. 작은 꽃들과 음표들이 깔깔대며 웃었다.

"이제 기분이 좀 나아졌어?"

라스의 말에 나는 고개를 끄덕였다.

"왜 다시 왔어?"

"네가 죽었다고 하잖아."

라스는 물방울을 툭툭 밀면서 물었다. 작은 꽃들 사이로 음표들이 가라앉았다.

"죽은 게 보고 싶어서 온 거야, 보고 싶어 죽겠어서 온 거야?"

어이가 없었다. 가라앉은 작은 꽃 한 움큼 쥐어 라스에게 던졌다. 꽃에 부딪힌 물방울 표면이 붉게 물들었다.

"짐작하고 있었잖아."

숨이 멎을 것 같았다. 물방울이 잘게 금이 가고 있었다.

'내가? 뭘? 어떤 걸 짐작하고 있었다는 건데?'

나도 모르게 눈을 번쩍 떴다. 어둠이 온몸을 덮쳤다. 눈으로 들어온 어둠이 마음까지 답답하게 만들었다. 손을 뻗어 허공을 짚었다. 어둠에 익숙해지자 희미하게 동물의 발이 보였다. 고개를 들자 거대한 그림이 눈앞에 나타났다. 벽한 면을 가득 채운 액자 속에 검푸른 모자를 쓴 새끼 고양이가 나를 내려다보고 있었다. 그 액자를 따라 오른쪽으로 걸어가자 손바닥만 한 그림이 걸려 있었다. 붉은 망토를 두른 여우 같기도 하고 생쥐 같기도 했다. 그 옆에는 넥타이를 맨 해바라기 그림이 액자 속에 있었다. 차츰 벽에 걸린 액자들이 눈에 들어왔다.

"여긴 어디야?"

눈물을 꾹 참고 있는 표정의 오렌지가 포크를 들고 있는 그림 앞에서 라스에게 물었다.

'나의 성.'

오른쪽 벽을 따라 걸으며 크고 작은 액자 속 그림을 지나쳤다.

"이 그림들은 다 뭐야?"

고개를 들자 높은 천장 위로 둥근 유리가 덮여 있었다. 유리에 비친 노란 달이 터질 것처럼 부풀어 올랐다.

'여기 있는 초상화 중에서 나랑 비슷한 게 있는지 찾아봐.'

초상화라는 라스의 말에 일곱 개의 벽면을 훑어보았다. 벽난로가 놓인 곳을 빼면 여섯 개의 벽면 위로 라스의 초상화들이 빼곡히 채워져 있었다.

"없어."

'그래? 벽난로 바로 옆에 있는 저 초상화는? 저것도 하나도 닮지 않았어?'

불을 피운 흔적이 없는 벽난로에서 왼쪽으로 조금 비켜

나자 라스와 비슷한 크기의 액자가 걸려 있었다. 새의 머리에 사슴의 몸을 하고 푸른 옷을 걸치고 선 이 그림이 라스와 비슷한 데가 있나. 나는 그림 앞에서 한참을 서 있었다.

'그것도 아닌가 보네. 난 그래도 1호 류가 그려준 거라 혹시나 했는데 말이지.'

새의 슬픈 눈과 작은 입술, 사슴의 가냘픈 어깨와 마른 다리를 천천히 바라보았다.

"1호 류가 나에게 와서 네가 죽었다고 말했을 때 난 믿지 않았어."

라스의 목소리가 들리지 않았다. 주위를 둘러보며 다시 말했다.

"아마 이 세계에 있는 모든 이들이 네가 죽었다는 것을 믿고 있지 않을 거야."

적막함이 숨통을 죄는 듯했다.

"네가 잠시 여행을 갔거나 잠깐 사라졌다고……."

'나도 내가 죽을지 몰랐어.'

"죽을지 몰랐다고? 몰랐다고 하면 끝이야?"

내 말이 일곱 개의 벽에 부딪혀 메아리처럼 되풀이되었다.

'끝내고 싶었던 건 사실이야.'

라스의 목소리도 내 마음의 벽에 부딪혀 웅웅거렸다.

'천사가 떠나고 나서 난 오래도록 혼자였지.'

갑자기 라스의 얼굴이 기억나질 않았다. 눈을 감았다. 벽난로 안으로 불길이 타오르고 있었다. 라스는 장작불에 손을 쬐며 나에게 옆으로 오라고 손짓했다.

"처음 류를 만들었을 때 참 행복했어. 하지만 내가 만든 류가 새로운 류를 만들고 그 류가 다시 새로운 류를 만들고 그렇게 반복되면서……."

벽난로 앞에 무릎을 세우고 앉았다. 초록색 불길이 강아지풀처럼 흔들렸다.

"시간이 지날수록 과연 내가 기다리는 게 심장인지 다른 어떤 것인지 헷갈리기 시작했어. 과연 내가 모든 이들의 눈앞에 보이면 행복해질까? 그게 내가 진심으로 원하는 걸까, 아님 다른 이들이 원하는 걸까."

라스의 오른쪽 뺨에 손을 가져다 댔다. 따뜻했다. 그래 이렇게 생겼구나. 라스를 일으켜 세웠다. 그리고 1호 류가 그렸다는 초상화 앞에 라스를 세웠다.

"네 머리칼은 은하수처럼 빛나. 아, 은하수 본 적 있어? 초등학교 1학년 때 엄마랑 아빠랑 같이 천문대에 놀러 간 적 있는데 거기서 봤어. 못 믿겠지만, 그땐 나도 제법 보는 애였다고."

라스는 내 말에 빙긋 웃고는 그림 속 새의 머리 위에 손가락을 올렸다. 그러자 은빛 머리칼이 생겨났다.

"얼굴은 햇빛에 반짝이는 모래 빛이야."

"아, 그래서 네가 가끔 날 몰래 훔쳐봤구나. 눈 부셔서 말이지."

라스가 활짝 웃자 새의 얼굴이 눈부시게 빛났다. 저 표정을 어떻게 말해줄지 자신이 없었다. 저 아름답고 슬픈 눈을 어떻게 말하지? 저 환하고 고독한 코를 어떻게 설명하지? 저 부드럽고 단단한 입술을 어떻게 표현하지?

그러자 새의 얼굴이 천천히 라스의 얼굴로 변했다.

"비슷해?"

라스의 말에 나는 고개만 끄덕였다.

"네가 보는 나는 저렇게 생겼구나."

라스의 얼굴이 편안해 보였다. 그림보다 더 잘생겼어, 라고 말하려다 침을 꿀꺽 삼키고 말을 돌렸다.

"넌 죽는 게 무섭지 않아?"

"무서워. 한 번도 가본 적이 없는 곳이니. 그런데 내 존재를 알 수 없는 시간들이 더 무서워."

"무슨 말이야? 저렇게 네 모습을 그려줬잖아. 저게 너야. 저 모습이……."

"네 눈에 보이는 나 말고. 다른 이들이 짐작하는 나 말고. 그냥 나 말이야. 난 대체 뭘까?"

라스의 물음에 어떻게 대답해야 할지 막막했다.

"내가 여기 있는 이유가 뭘까?"

입 안이 말랐다. 어떻게 말해야 라스에게 힘이 될까, 란 생각에 머릿속만 복잡했다.

"네가 모르는 건 당연해. 난 100년을 곱씹어 보아도 잘 모르겠는걸. 미안해하지 않아도 되고 애쓰지 않아도 돼."

라스가 힘없이 라스의 초상화를 바라보았다.

"넌 죽으면 안 돼. 여기 있는 모든 애들이 그걸 원하지 않아. 네가 쓰러져서 꼼짝 않고 누워 있는 걸 보면서 네 죽음을 믿고 싶지 않아 싸우고 있어. 그러니까 다시 돌아와."

"어떻게?"

"어떻게라니? 몰라? 다시 돌아오는 방법을 모르는 거야?"

할 말을 잃었다. 그렇게 멍하니 라스를 바라보자 그가 입을 뗐다.

"네가 알려줘."

라스가 내게 손을 내밀었다.

"넌 뭐가 맞다고 생각해? 내가 보이는 게? 아님 내가 보이지 않는 게?"

"난……."

라스의 손을 잡으며 말을 이었다.

"네가 보여서 좋았고, 네가 보이지 않아서 그리웠어."

라스는 내 눈을 가만히 들여다보았다.

'살아 있고 싶어, 문득. 널 보니 말이야.'

라스의 생각에 고개를 끄덕였다.

'어디 있든 그게 어디든 나도 네가 살아 있으면 좋겠어.'

라스도 고개를 끄덕였다.

'다시 널 볼 수 없다 해도 네가 살아 있으면 좋겠어.'

마른 장작이 타닥타닥 타오르는 소리가 들렸다. 라스의 얼굴에 붉고 푸른 빛깔들이 어룽거렸다.

"약속을 깰 수밖에 없었어."

"알아."

라스는 벽난로로 다가가 은빛 모래 한 줌을 장작불에 던졌다. 화륵화륵 불꽃 나비가 성 안으로 날아올랐다. 마음을 단단하게 먹고 라스의 왼쪽 가슴으로 손을 넣었다. 작고 맨들맨들한 것이 만져졌다. 조심스럽게 그것을 빼냈다.

"이런 걸 오래 끼고 있으면 마음이 상해."

라스의 왼쪽 가슴에서 빼낸 연두콩을 손바닥에 올리고 라스가 나에게 했던 말을 똑같이 뱉어냈다.

"요건 유통 기한이 길지 않아. 만약 시간이 지나도 빼지 않으면 고약한 마음이 떠오르니까 잘 기억해 둬."

라스가 풉, 하고 웃으며 내 앞에서 사라졌다.

눈을 떴다. 눈앞에 커다란 솜사탕 나무가 서 있었다. 안개의 숲 안이었다.

"네가 내 심장을 만들어 줄래?"

뒤를 돌아보니 라스가 나무들 사이에 서 있었다. 주머니에 손을 넣자 폭신폭신하고 여린 잎들이 만져졌다. 네잎클로버 한 움큼을 손에 쥐고 살살 뭉치며 기도했다.

'심장을 주세요. 나랑 똑같은.'

라스는 내 손 위에 놓인 것을 보았다. 작고 여린 연둣빛 하트였다.

"맘에 들어?"

"내가 봤던 심장 중에 제일 이뻐."

라스는 심호흡을 크게 하고 가슴을 한껏 뒤로 젖혔다. 라스가 눈을 감자, 나무들이 가슴에 달고 있던 등을 하나씩 켰다. 연둣빛 하트를 라스의 왼쪽 가슴에 천천히 밀어 넣었다. 그러자 라스가 낮게 중얼거렸다.

"너의 눈과 나의 심장이."

붉은 꽃잎들이 허공으로 떠올라 라스와 나를 둘러쌌다.

"나의 눈과 너의 심장이 하나 되길. 그리하여 어느 곳에서든 우리의 마음이 한 곳을 바라보길."

에필로그

●●●●●●●●●●●●●●●

"엄마, 꼼짝 않고 여기 있을게."

엄마가 내 손을 잡고 놓질 않았다.

"언제 끝날지 모른다고 하잖아. 가서 밥도 먹고 또⋯⋯."

"영이야. 아빠도 여기에, 바로 이곳에 있을 테니 아무 걱정도 말고⋯⋯."

수술대에 누워 한숨을 푹 쉬고 말했다.

"그래. 하고 싶은 대로 해. 내가 지금 무슨 말을 어떻게 해도 엄마랑 아빠는 수술실 밖에서 벌서고 있고 싶다고 말할 테니 할 수 없지, 뭐."

내 말에 의사 선생님의 웃음소리가 들렸다.

"우리 영이 씩씩하네. 그럼 들어갈까?"

수술 침대가 움직이고 나는 이제 수술실로 들어간다.

아직 어떻게 될지 알 수 없다. 내가 눈을 떴을 때 내 눈앞에 보이는 것이 한 장 남은 꽃마리의 꽃잎일지 아니면 엄마와 아빠의 얼굴일지.

하지만 그게 무엇이 되었든 나는 그대로 사랑할 것이다.

어차피 세상은 언제나 내가 볼 수 있는 것보다 볼 수 없는 것이 더 많으니.

그리고 또 다른 세계에서는 누군가 세상에 없는 것들을 찾아 하나씩 채워나갈 테니.

그나저나 창일이 얘는 대체 왜 안 온 거지?

수술하고 깨어나기만 해봐라. 내가 가만두나.

- 끝 -

작가의 말

처음 나는

영이였다가 라스였다가 영이의 엄마였다.

그러다 어느 틈엔가 나는,

 영이가 만난 라스였고 라스가 만들어낸 류였고 류가 만

들어낸 다른 류가 되었다.

그러다 어느 순간 나는,

 그들의 바깥에서 그들이 하는 말을 듣고 그들이 옮겨 다

녔던 라스의 세계와 영이의 세상을 멀뚱히 바라보기만 했

다. 그러다 나는,

보았다. 마지막 문장 앞에 서서

돌아가지도 뛰어내리지도 못하는 나를.

내가 만들어 냈다고 생각했던 것들이 내가 만들어 낸 것

이 아님을 알아가는 사이

 그 좁은 시간의 문에 입을 가져다 대고

 나에게 묻는다.

사라지는 것들을 멈출 수 있을까.
보이지 않는 것들이 영원할 수 있을까.

내 물음에 대한 답을
다음 이야기에서 찾을 수 있길
그 시간이 그리 멀지 않길
그렇게 다시 나는
처음이 되길
바란다.

2018년 여름
최미경

너의 눈을 내 심장과 바꿀 수 있기를
My heart is your eyes

1판 1쇄 발행   2018년 7월 31일
1판 2쇄 발행   2019년 5월 10일

지은이   최미경
발행인   윤미소
발행처   (주)달아실출판사

책임편집   박제영
디자인   전형근
마케팅   배상휘

주소   강원도 춘천시 춘천로 17번길 37, 1층
전화   033-241-7661
팩스   033-241-7662
이메일   dalasilmoongo@naver.com
출판등록   2016년 12월 30일 제494호

ISBN : 979-11-88710-15-7   03810